FANTASY STORY
고랭지 판타지 장편소설

작가 때문에 먼치킨

작가 때문에 먼치킨 제2권

초판 1쇄 인쇄일 | 2025년 03월 25일
초판 1쇄 발행일 | 2025년 04월 02일

지은이 | 고랭지
발행인 | 조승진

편집기획팀 | 김정환, 김준서
출판제작팀 | 이상민, 홍성희

펴낸곳 | 데이즈엔터(주)
주소 | (07551) 서울, 강서구 양천로 570, NH서울축산농협 NH서울타워 19층(등촌동)
전화 | 02-2013-5665(代) | **FAX** 032-3479-9872
등록번호 | 제 2023-000050호
홈페이지 | www.daysenter.com
E-mail | alldays1@daysenter.com

ⓒ 2025, 고랭지

이 책은 데이즈엔터(주)가 작가와의 계약에 따라 발행한 것이므로
본사의 서면 동의 없이는 어떠한 방법으로도 이용할 수 없습니다.

ISBN 979-11-427-0388-1
ISBN 979-11-427-0386-7 (세트)

※잘못된 책은 본사나 구입처에서 교환하여 드립니다.
※저자와의 합의하에 인지를 붙이지 않습니다.

※ 본 작품은 픽션입니다.
본 작품에 등장하는 인물, 단체, 지명, 국명, 사건 등은 실존과는 일절 관계가 없습니다.

작가 때문에 먼치킨

제1장 회생의 비술　　　　　009
제2장 마스터의 파급력　　　047
제3장 3황자 파벌　　　　　085
제4장 필승 전략　　　　　　121
제5장 결국 또 도와주네?　　161
제6장 3황자의 평가　　　　199
제7장 또 무슨 짓을 벌이려고?　235
제8장 이기는 편 우리 편　　273
제9장 먹고 살려면 돈을 벌어야지　299

엘프 왕국.

체스터는 그래도 왕국이라는 이름을 붙일 정도면 도시 국가 수준은 될 것이라고 여겼다.

그런데 막상 도착하고 보니 그게 아니었다.

'도시 국가가 아니라 그냥 남작령 수준이군.'

그마저도 높게 쳐 준 것이다.

엘프들은 숲속에 트리하우스를 짓고 살았다.

기술력이 굉장히 뛰어나다고 들었는데 성벽이라 할 것도 없었고, 작은 목책이 왕국을 둘러싸고 있는 게 전부였다.

길도 제대로 정비되지 않았으니 체스터가 보기에는 굉장히 낙후된 사회였다.

수명이 짧은 인간으로서는 엘프들의 이 느긋함을 이해하

지 못한다.

"라엘 님, 외람되지만 지금 이 모습을 보니 야만인들을 막겠다는 것인지, 그냥 잡혀 주겠다는 것인지 헷갈립니다."

"……그건 저도 동의해요. 하지만 원래 이게 엘프의 모습인걸요."

"눈앞에 위협적인 적이 있는데도 이렇게 산다는 겁니까?"

"우리는 인간과 시간 자체가 다르니까요."

"그리하여 귀하와 동료들은 어찌 됐습니까?"

"……."

라엘은 고개를 숙였다.

야만인에게 잡혀 모진 세월을 살아온 그녀도 엘프들의 방식이 잘못됐다는 것을 알았다.

그러나 종족 자체가 가지고 있는 기질은 바로 바꿀 수 있는 것이 아니다.

체스터도 라엘을 탓할 이유는 없었기에 그 말을 끝으로 입을 다물었지만, 엘프들의 행태에 갑갑함을 느꼈다.

그러는 사이, 그들은 왕궁에 이르렀다.

말이 왕궁이지 일개 영주성보다도 작았다.

엘프 궁병이 경비를 서고 있긴 했으나 그 숫자도 적었으며, 다들 한적하게 산책이라도 다니는 것 같은 모습이었다.

궁전 내부에는 나무 냄새가 진동했다.

투박한 의자에 엘프 여왕이 월계관을 쓰고 앉아 있었다.
"어서 오세요, 이방인이여."
"접견을 허락해 주셔서 감사합니다."
"우리 엘프들이 은혜를 입었으니 당연한 일입니다."
체스터는 무표정해 보이지만 전혀 위기감이라고는 느낄 수 없는 여왕의 모습에 진저리를 쳤다.
엘프 왕국은 야만인들의 공격에 전혀 대비되어 있지 않았다. 그런데도 무사태평했다.
그는 강제로 감정을 꾹꾹 누르며 서론을 시작하는 데에 한 시간이 넘었다.
슬슬 스팀이 오르기 시작한 체스터는 본론을 말했다.
"폐하, 여기까지 온 김에 조언을 드려도 되겠습니까?"
"우리 엘프들은 친구의 조언을 무시하지 않아요."
"왜 엘프족은 야만인 침공에 대비하지 않으십니까?"
"대비하고 있답니다."
"저는 전혀 그리 느끼지 못했습니다만."
"군대도 양성하고 있고, 성벽도 세웠죠. 그 이상을 하는 것은 무리예요."
"허허."
기가 막히고 코가 막힐 일이었다.
체스터는 생각했다.
'주군께서는 엘프족을 통째로 삼킬 생각을 하신다. 하지

만 꼴을 보니 이들을 회유하기 전에 다 죽게 생겼군.'

속으로 혀를 찬 그는 자신의 생각을 아낌없이 드러냈다.

"야만인들은 공업력이 부족합니다. 불과 몇 년 전에 잡아간 엘프들이 그들에게 협력하면서 일부이지만 철기를 생산하고 있지요. 기술의 혜택을 맛본 놈들은 반드시 엘프 왕국으로 쳐들어옵니다. 족쇄를 채워 밤낮으로 부릴 것이며, 여성들은 혀가 잘리고 구속구를 채운 후 성노예가 될 것이니, 부디 이 못난 기사의 조언을 헛되이 하지 마십시오."

"……!"

가만히 이야기를 듣고 있던 엘프 여왕은 깜짝 놀랐다.

노예로 부려지는 것도 모자라 그런 무식하고 미친 방식으로 여자를 강간한다고?

도저히 엘프 사회에서는 용납되지 않는 일이었다.

"무, 무슨 말을 그리 살벌하게 하시나요!?"

"진실입니다."

엘프 여왕은 덜덜 몸을 떨면서 라엘을 바라봤다.

그녀는 지금까지 야만인들에게 잡혀 있었다.

그러니 놈들의 내부 사정을 누구보다 잘 알고 있다는 뜻이다.

라엘의 표정은 흔들리지 않았다.

그 모습에 엘프 여왕은 휘청거렸다.

귀가 썩을 정도로 충격적인 내용이라 어찌 반응해야 할

지 몰라 했다.

"생각 같아서는 엘프 왕국 자체를 주군의 울타리 안에 들이고 싶지만, 그건 폐하께서 거절하실 거라 들었습니다."

"폐쇄적인 저희 종족 특성을 생각하면 그럴 수밖에 없어요."

"거기까지는 말리지 않습니다. 추후 야만인들이 침공하여 도저히 못 버틸 상황이 오시거든 저희 쪽으로 넘어오시죠."

"구, 군사 지원은 안 되나요?"

"엄연하게는 주군께서 엘프에 호의적인 것이지, 제국이 호의적인 것은 아닙니다. 주군의 결단이라 그 말입니다. 그리고 주군께서는 이익이 되지 않는 일에 손대는 것을 지극히 싫어하십니다. 주군께서는 황권이 걸린 레이스를 하고 있기 때문이죠."

체스터 경은 3황자가 호구가 아님을 분명히 했다.

남는 것도 없는데 인도적인 차원에서 군사 지원이라고?

지나가던 개가 웃을 일이다.

체스터는 주군이 그리는 그림에 따라 열심히 엘프들을 압박했다. 주로 야만인들이 얼마나 잔혹한지, 잡히면 어떤 꼴을 당하는지.

라엘까지 동조하니 엘프 사회 전체가 흔들리는 꼴을 면치 못했다.

야만인의 위험을 성토한 체스터는 우호의 표시로 회생의

비술, 세계수 잎사귀 두 장을 받았다.
 그것도 모자라 각종 비술로 무장한 라엘까지 손에 들려 줬다.

 남부 타마라족 근거지.
 카온은 일주일 정도를 이곳에서 머물렀다.
 기왕 내려가는 김에 타마라족을 통제해 데려가기 위해서였다.
 그동안 대족장 알고르는 각 부족을 돌아다니며 남부로 가자고 설득했다.
 대부분의 부족은 대족장의 뜻에 따랐다.
 그러나 몇몇 부족이 문제였다.
 "죄송합니다. 나머지 놈들을 설득하지는 못했습니다."
 "미련을 버려라. 그들은 두고 간다."
 "숙청해 버리는 것이 낫지 않습니까? 추후 주군의 발목을 잡을 겁니다."
 역시 알고르는 미래를 보는 혜안을 가졌다.
 대체적으로 무식한 것이 야만인이라지만, 족장쯤 되면 머리를 굴릴 수밖에 없다.
 카온은 그 점에 흡족해하면서도 고개를 흔들었다.
 "이 자리에서 숙청하면 너희 사회도 흔들린다. 내가 보기에 남쪽으로 내려가길 저어하는 놈들은 중부 타마라에

선을 대고 있을 가능성이 높다."

"……!"

알고르는 이제야 깨달음을 얻었다.

설마 첩자가 부족 단위로 박혀 있을 거란 생각은 하지 못했기 때문이다.

한편으로는 이해도 됐다.

'지금껏 우리는 느슨한 연맹체였다. 북쪽 놈들과 손을 잡았다고 해도 이상한 일은 아니지.'

카온 역시 숙청하면 편하긴 했다.

살아남은 놈들이 북쪽으로 올라가면 카온이 어떤 식의 전략을 썼는지 상세하게 알릴 테니까.

그럼에도 이렇게 하는 이유가 있었다.

"이건 기회이기도 하다."

"무슨 말씀이신지……?"

"너는 대족장이 되기 위해 각 부족에 첩자를 심었을 것 아닌가. 저들이 통째로 북으로 올라가면 그 라인으로 적들의 움직임을 상세하게 파악할 수 있다."

"과연!"

어차피 고원에서 살아가는 야만인과는 결판을 내야 한다.

그 시기가 언제라고는 장담할 수 없었지만, 전쟁 준비는 아무리 해도 부족함이 없었다.

특히 정보전에서는 우위를 점하는 편이 수월했다.

카온은 대족장에게 각 부족들의 정보망을 무너뜨리지 말 것을 지시했다.

'작가 놈이 또 무슨 미친 짓을 할지 모르니까.'

알고르가 막사를 나가자 기다리던 사람이 도착했다.

"주군! 명령을 받아 엘프족과 담판을 끝냈습니다!"

"고생했다!"

체스터 경은 엘프 왕국에서 있었던 일을 카온에게 상세하게 보고했다.

그걸 들은 카온은 생각했다.

'듣던 대로 느려 터진 놈들이군. 실질적인 위험이 코앞에 왔음에도 미적거려? 저러니 멸망했지.'

원작의 설명 그대로였다.

엘프들이 인간과의 패권 경쟁에 밀려 명맥만 남게 된 것도 저런 성향 때문이었다.

뭔 놈의 연락을 한 번 주고받는데 1년은 기본이었으니, 느긋하게 앉아 있다 털린 적이 많았다.

작중에서도 묘사됐으니 실제로도 그랬을 것이다.

야만족이 엘프족의 기술을 완전히 흡수해 강해진다는 설정이었으니까.

"적이 쳐들어와 멸망지경이 되면 온다던가?"

"호의에 감사한다고 했습니다. 칼이 목젖 아래까지 겨누어지면 오는 수밖에 도리가 없지요."

"그 전에 예방하면 좋으련만."

"말이 통할 상대가 아니었습니다."

"재료들은?"

"그건 오히려 쉬웠습니다."

엘프들은 상당한 호의를 보였다고 한다.

최악의 경우에는 야만인을 무너뜨린 전력이 있는 카온의 우산 아래로 올 수 있다고 생각하니, 이 정도는 어렵지 않게 해 준 것이다.

"고생했다. 제작하는데 시간이 좀 걸릴 것이니 그때까지 군무에 전념하도록. 이제 전쟁을 준비해야 한다."

전쟁, 그리도 또 전쟁.

계속해서 투쟁을 이어 나가기 위해서는 병력의 증강과 정예화가 필수적이었다.

체스터 경이 나간 후에는 라엘이 들어왔다.

이건 좀 의외였다.

엘프들이 두려움 때문에 카온과 선 하나는 만들어 두는 것이 당연했지만, 라엘을 혼자 보낼 줄이야.

"족장이 왜 직접 왔나."

"그 편이 좋을 것 같아서요."

"솔직히 말하지. 엘프 왕국은 필멸하고 반드시 이쪽으로 내려온다. 그럼에도 버티다가 위기 상황에서 우리를 이용해 먹겠다? 이게 맞나?"

"그건 죄송하게 생각해요. 사죄의 의미로 제가 여러 비술을 전수하려고 해요."

"비술?"

"동생분이 연금술에 관심이 많다고 들었어요."

"그건 맞다."

"제가 천재적인 실력은 갖추지 않았지만, 포션이나 여러 연금 분야를 개선시킬 수 있을 것 같아요."

카온은 반색했다.

그녀는 엘프의 비술을 아무것도 아닌 것으로 취급하지만, 고대 엘프의 명맥을 잇고 있는 엘프 왕국의 비술은 상당한 가치가 있었다.

추측이 아니라 원작에서 증명된 내용이었다.

괜히 야만인이 융성해져 제국까지 넘보려 했던 것이 아니다.

뒤에서 저 멍청한 엘프들이 기술을 퍼 주었기에 가능한 일이었다.

"그건 꽤 고마운 일이군."

"별말씀을. 저희 왕국의 이중성을 이해해 주셔서 감사할 따름이죠."

라엘은 말이 통하는 엘프였다.

작은 도시 하나 깔고 앉아, 왕 놀이나 하고 있는 여왕과는 좀 달랐다.

남부 타마라 놈들은 얌전히 카온의 통치를 받아들였다.
이건 생각보다 쉬웠다.
신의 뜻을 운운하니 대부분이 고개를 숙이며 복종의 의사를 표했다.
물론, 카온은 그들을 완전히 믿지 않았다.
믿을 사람이 없어 야만인을 믿나?
이중, 삼중으로 복속이 될 수밖에 없도록 설계했다.
고원에 비해서는 상대적으로 따듯하고 농사가 잘 되는 땅을 주고 농사 기술을 전파한다. 가축도 치게 해 주며 먹고살 걱정을 없게 한다.
이 정도만 해도 당장 배신당할 염려는 없었다.
이민자(?)들이 대거 들어오자 행정 관료들은 사색이 되었지만, 카온은 개의치 않았다.
갈려 나가는 것은 관료들이지 그가 아니었기 때문이다.
그리고 카온은 샤론과 만났다.
그녀는 연구실에 틀어박혀 실험 중에 있었다.
"좀 쉬지 그러냐."
"오셨어요!?"
샤론이 카온을 크게 반겼다.
눈까지 반짝이며 엘프의 비술이 있으면 내놓으라고 압박

하는 것이다.

"여기 있다."

샤론은 카온이 내미는 서적을 바라보더니 난감한 표정을 지었다.

"엘프어가 걱정이겠지. 여기 스승도 데려왔다."

"와아! 오라버니 최고!"

샤론은 엄지를 척 세웠다.

라엘을 통해 비술서를 해석하더니 그녀는 장담했다.

"한 달. 한 달 안에 회생의 비약을 만들어 낼게요!"

그 말의 뜻은 한 달 후에 두 명의 마스터가 북방에서 탄생한다는 의미였다.

카온을 포함해서 말이다.

원래 북방의 겨울은 잠잠하다.

그 추위가 끝없이 펼쳐지기에 뭔가를 할 순 없기 때문이었다.

그러나 카온이 부임한 북방의 겨울은 달랐다.

혹한기로 접어들기까지 한 달의 시간 동안 최대한 내부를 다스리는데 주력했던 것이다.

여기저기서 뜯어낸 자금으로 대량의 식량과 원자재를 비축하고, 개발과 경제를 부양하는데 주력했다.

워낙 경제적 규모가 작았으므로 모든 자금의 회전은 영

지 주도로 했다.

북쪽에 조성된 1차 성벽을 더 높고 견고하게 쌓았으며, 타마라족 거주 지역을 둘러싸는 2차 성벽을 새롭게 축조했다.

영내 위생 사업과 군비 확장, 토지와 인구 조사 등을 병행하며 어마어마한 속도로 자금이 빠져나갔다.

카온은 불과 한 달 만에 100만 골드 이상의 지출을 감행하였으나 이 정도는 투자로 봤다.

가신들이 위험 수위로 볼 만큼 말이다.

"각하, 과연 자금이 버티겠습니까?"

부역자로 출발했지만 골수까지 빨아 먹히며 일에 매진해 부행정관의 자리까지 오른 비델로스가 회의에서 내뱉은 말이다.

죽기 직전까지 일만 하던 그는 한겨울이 되면 좀 쉴 줄 알았는데, 이렇듯 강하게 사업들을 추진하고 있으니 막아 보자는 뜻도 있었다.

카온은 피식 웃었다.

"이번에 원정을 떠나면 황실에서 두둑하게 자금이라도 얻어 낼 것이니 걱정 말도록. 그것이 아니더라도 우리는 면세인데 걱정할 필요가 있나?"

"그렇기는 합니다만……."

비델로스를 비롯한 행정관들은 카온이 더욱 기세를 올릴

것 같은 모습을 보이자 손발을 달달 떨었다.

'우리를 다 말려 죽일 셈인가?'

'차라리 광산의 노예가 낫겠다!'

발전에는 희생이 전제되는 법이다.

애초에 이곳 북방에 성장 동력이라고 할 것이 있었나?

카온이야 원작을 머리에 담고 있었기에 광업이나 엘프를 이용한 공업을 활성화하려 준비하고 있었지만, 이런 큰 그림까지는 행정관들이 예측할 순 없었다.

이 죄인들은 일만 하다 죽어도 상관없었지만, 혹한기까지 일을 시킬 만큼 카온은 무자비한 사람이 아니었다.

"앞으로 10일 후부터 혹한기에 돌입한다. 2주 동안 모든 공사를 올 스톱시킬 것이니, 너무 우려할 일은 아니다. 경들은 지금 말라 죽을까 봐 걱정하는 것 아닌가?"

"그, 그, 그럴 리가 있겠습니까!"

자신의 속을 간파당한 행정관들이 뜨끔한 표정으로 고개를 숙였다.

쉬는 건 쉬는 것이고, 인간은 망각의 동물이었으므로 카온이 언제라도 자신들을 향해 칼날을 휘두를 수 있음을 머리에 박아 줘야 했다.

"경들에게는 일주일의 휴가가 주어질 것이다. 그때부터는 집으로 돌아가 농업을 진흥시킬 수 있는 수단을 강구해 와라."

"크윽……."

"항명하려면 해라."

"전하의 명에 따릅니다!"

농업 진흥.

쉽게 말해 농업을 흥하게 한다는 것이지 그게 쉬울 리 없었다.

토지 조사를 토대로 하여 치수 사업이 전개된다는 뜻이다.

황무지 개간과 더불어 여러 가지 정책이 들어갈 것이니, 행정관들 입장에서는 봄부터 지옥이 열리는 것이나 다름없었다.

'내가 너희를 쉬게 할 수는 없지.'

별로 안타깝지도 않지만, 저들이 아끼는 가신들이라고 해도 똑같이 했을 것이다.

2황자가 타격을 입었을 때가 기회였다.

어떻게든 세력을 불려서 자체적으로 병력을 동원할 수 있는 정도는 만들어 놔야 한다.

카온은 바이스 후작의 조언을 잊지 않고 있었다.

[반드시 전하만의 세력을 만들어야 제후를 끌어들일 수 있습니다. 그 시작은 북방으로 하시죠.]

1차는 영지 개발이지만, 그걸 토대로 강력한 군사력을 뽑아내는 것을 목표로 한다.

그 과정에서 조금 무리하는 것은 어쩔 수 없는 것이다.

카온에게는 황실도 있고, 바이스 후작도 있었다.

잠재적으로는 중립 귀족과 랭파인 공작을 통해 지원을 받을 수도 있었으니, 지금은 있는 관료를 쥐어짜는 수밖에 없다.

'사람이 채찍만 휘두를 수 있나. 당근도 줘야지.'

"경들이 한 가지 간과하는 부분이 있는데, 나는 차기 황제 후보다. 그 후보가 많다면 내가 이토록 부려 먹지도 않는다. 2황자와의 경쟁에서 승리하면 바로 황제가 될 것이고, 그 혜택은 경들에게도 돌아간다."

"……!"

관료들의 눈빛이 바뀌었다.

카온이 미친 듯이 사람을 부려 먹긴 해도 약속은 지켰다.

차기 황제 후보씩이나 되는 사람이 약속도 지키지 않는다면, 그 어떤 신하도 황제를 보위하지 않을 건 당연했다.

그들은 깨달았다.

'하긴, 몇 년 바짝 고생하고 팔자 펴는 것이 낫지. 애초에 우리는 반란군 프레임이 씌워져 전하의 호의에 기대는 수밖에 없지 않나.'

'가문이 절단 나는 것보다는 이 한 몸이 갈려 나가는 것이 낫다!'

그렇게 불만은 봉합됐다.

"체스터 경, 군사 훈련은 어찌 되고 있나?"

"문제가 많습니다. 역시 엘프들을 강제로 잡아왔다면 좋았을 텐데요."

"흠."

카온은 밋밋한 턱을 쓰다듬었다.

엘프들이 은혜를 모르는 것은 아니지만, 인간에 복속되려 하지 않았다.

이름이라도 남아 있는 왕국이 존속하고 있어 구출된 엘프들은 그쪽으로 몸을 의탁했다.

상황이 이러니 아무리 카온이라도 엘프들을 압박해 강제로 공장에 처넣을 수가 없었다.

공장 노예로 갈아 버리려면 그들이 자발적으로 왔다는 그림이 나와야 한다.

무슨 좋은 수가 없을까?

카온이 고심하고 있을 때, 심장의 고동이 느껴졌다.

두근!

"큭!"

"전하?"

"괜찮으십니까?"

"괜찮다. 아침에 먹은 것이 얹힌 것 같다."

카온은 다시 태연하게 자리에 앉아 회의를 이어 갔다.

그러나 한편으로는 등줄기에 식은땀이 흘렀다.

'이번에는 또 무슨 일을 꾸미려고?'

작가 놈은 한동안 잠잠했다.

자신의 공격이 뜻하지 않게 카온을 도와준 꼴이 되었으니, 음모를 꾸미는데 시간이 걸렸던 것 같다.

그리고 이번에야말로 뭔가 준비를 마쳤음이 분명했다.

'마력의 양이 상당히 늘어났다. 몇 가지 검술이 머리에 박히기까지 했는데, 도대체 무슨 짓을 하려고?'

"전하! 알고르 경이 접견을 요청합니다."

"알고르?"

지금은 회의 중이었다.

정기 회의라는 것을 알고르도 알고 있을 텐데, 급하게 카온을 찾았다는 것은 뭔 일이 벌어졌다는 뜻이었다.

카온은 마음을 다잡았다.

잠깐 동안 잠잠했으니 작가 놈이 견제하는 것도 당연하다고 봤던 것이다.

"주군! 고원 중부 놈들의 움직임이 심상치 않습니다!"

"심상치 않다?"

"내부를 규합하는 것이 전쟁을 벌이려는 것 아니겠습니까?"

"……!"

웅성웅성.

장내가 술렁거렸다.

이제야 카온은 깨달았다.

그는 출정을 준비하고 있었다.

그것도 남부로 가는 대규모 원정이었다.

중앙군이 손을 보탤 것이지만, 기본적으로는 카온의 손과 발이 되어 주어야 할 군대가 필요했다.

최소 2만 정도는 빼서 남하하려는 계획.

이런 때 중부 타마라족이 세력을 규합한다?

작가 놈이 카온을 곤란하게 하려고 작정했던 것이다.

"어찌 처분할까요?"

지금은 한겨울.

북쪽은 더 추울 것이며, 10일이 지나면 도저히 제국인들은 버틸 수 없을 정도로 날씨가 가혹해진다.

추운 것은 야만인 놈들도 마찬가지이므로 혹한기에 전쟁을 걸진 않을 테지만, 작가 놈이 개입하면 혹시 모른다.

눈깔이 뒤집혀 남하하고 카온의 텃밭을 쑥대밭으로 만들지 말이다.

그리되면 원정군에 힘들게 키운 군대를 투입하지 못할 수도 있었다.

"그따위로 나온다면 내게도 생각이 있지."

결국 아이디어가 필요한 시점이었다.

작가를 뛰어넘는 지성이.

회의를 끝난 카온은 대족장 알고르를 불렀다.

표면적으로 알고르는 준남작이었다.

원래 황족은 작위를 내릴 수 없었지만, 지금의 카온은 황자이기 전에 북방 사령관이자 대영지의 주인이었다.

그러니 원활한 통치를 위해 단승 귀족 작위 정도는 내릴 수 있었다.

"알고르 경, 경이 해 주어야 할 일이 있다."

"하명만 하십시오!"

알고르는 꽤나 저자세를 취했다.

지금 당장은 납작 엎드려 꼬리를 흔드는 것이 유리했기 때문이다.

그게 아니더라도 카온에게는 '선지자'라는 칭호가 붙어 있었으니, 앞으로 몇 년은 족쇄를 차고 있다고 봐야 했다.

"타마라 전사들로 이루어진 위력 정찰대를 편성할 수 있나?"

"위력 정찰이라 하심은……?"

"적들의 초소나 산개된 적을 타격해 직접 정보를 얻는 방식이지."

"소규모 국지전이라 봐도 되겠습니까?"

"그렇게 볼 수도 있겠군."

"이유를 여쭤볼 수 있을까요?"

알고르는 굳이 이런 시점에 적 정찰대와 충돌하여 얻을

것이 없다고 봤다.

카온의 생각은 달랐지만.

"제국산 무기와 갑옷으로 무장하여 소규모 정찰대를 계속해서 박살 내라."

"제국의 기술력을 과시하기 위함입니까?"

"맞다. 놈들이 아무리 철기를 늘렸다고 해도 기본이 청동기이지. 갑옷이나 활 등 여러 장비도 제국을 쫓아올 수는 없다. 경이 적과의 싸움에서 다른 것도 아닌 장비발로 밀렸다면 무슨 생각을 했겠나?"

"엘프 왕국을 털어 올 것 같습니다."

"맞다. 봄까지 준비를 한 후 엘프 왕국에 쳐들어가겠지. 그 과정에서 엘프 왕국에 정보를 흘리고 우리 쪽으로 이주시킨다. 엘프 노예들을 확보하는데 실패한 놈들은 우리 측 전력을 과대평가할 것이니 침공의 시기를 늦출 수 있다."

"묘안입니다!"

알고르는 카온의 설계에 깜짝 놀랐다.

한 가지 사건을 터뜨려 두 가지 이익을 취하려는 것이 아닌가.

첫째가 엘프의 확보이며, 둘째가 시간 벌기다.

카온이 제국 중남부 지방에서 발생한 반군을 토벌하고 돌아올 때까지는 영지가 별다른 타격 없이 버텨 주어야 한다.

"적을 움직여 이런 계책을 세우시다니, 과연 선지자십니다."

"됐다. 그 이후로는 신의 계시가 없으니 너무 추켜세울 필요는 없다."

"예, 주군."

카온은 웬만하면 선지자 프레임을 쓰지 않으려 했다.

야만인 놈들이 그리 생각하는 것까지는 말리지 않아도, 스스로가 그런 말을 하고 다닐 이유가 전혀 없었다.

'종교인으로 추앙되었다가 무슨 꼴을 보려고.'

명령을 받은 알고르는 곧바로 훈련에 돌입했다.

강력한 제국산 무기로 무장하고, 끊임없이 자신들을 괴롭혔던 고원 중부 놈들에게 복수한다.

많은 전사들이 이 작전에 매료됐다.

카온은 정신없는 나날을 보냈다.

반군 토벌을 준비하고 고원에 존재하는 적을 기만하며, 내부적으로는 영지 개발에 몰두하다 보니 시간이 금방 흘러갔다.

그리고 마침내.

"오라버니! 드디어 완성했어요!"

집무를 보고 있는데, 샤론이 불쑥 찾아왔다.

그녀의 방문은 언제라도 환영이었다.

지금까지 오매불망 회생의 비술을 기다리고 있었으니까.

고원의 야만인을 상대하거나 제국 반란군을 상대할 때, 마스터가 둘이나 있다는 무게감은 엄청난 효과를 낼 것이다.

마스터가 직접 군대를 이끌면 오합지졸도 강군이 된다.

지금 시대에 총포가 등장하여 마스터를 쏴 죽일 것도 아니었으니, 성공 신화를 써내려 갈 발판이 되는 것이다.

"수고했다!"

카온이 샤론을 번쩍 들어 올렸다.

역시나 가볍다.

겉으로 보기에는 10살도 채 되지 않은 아이 같았으니까.

그녀의 머리를 쓱쓱 쓰다듬는데, 라엘의 얼굴이 보였다.

"라엘 경도 고생했다."

"아닙니다. 저희에게 베푸신 은혜를 생각하면 이쯤이야······."

그녀는 그리 말하며 휘청거렸다.

샤론이 회생의 비술을 탐독하고 제작하면서 얼마나 그녀를 들볶았을지 눈에 훤했다.

"역시 내 동생이구나!"

"헤헤."

샤론과 라엘은 자신들의 능력을 칭찬하는 것이라 생각했다.

정작 카온의 내심은,

'이 녀석도 인재 굴리는 재주가 있는데?'

샤론의 성과는 여기서 끝이 아니었다.

엘프들의 비술로 완성한 회복 강화 포션은 기존에 유통되던 제품보다 무려 30% 이상 올라간 회복력을 보였다.

트롤의 피에 방부제, 혈액 응고제만 섞은 것이 아니라 몇 가지 약초를 더해 세포의 손상을 더욱 빠르게 회복했던 것이다.

이는 혁신이라 할 만했다.

"특산품으로 팔아도 되겠는데?"

"그 밖에도 마석의 효율을 높이는 방법이라든지, 마도구를 제작하는 방법도 배웠어요!"

"허."

카온은 진심으로 감탄했다.

원작에서도 엘프가 드워프 역할을 한다더니, 이 정도로 빠르게 성과를 보일 줄은 몰랐다.

"샤론, 그리고 라엘."

"네?"

"말씀하세요."

"본격적으로 이것들을 만들어 팔아 볼 생각은 없나."

"상단을 맡겨 주시는 건가요?"

"그렇지."

카온의 말에 샤론과 라엘은 서로의 얼굴을 바라봤다.

그러다 그녀들은 빙그레 웃었다.

라엘이라는 인물은 원작에 나오지 않지만, 샤론은 장사에도 꽤 소질이 있는 것으로 묘사된다.

체구가 작다고 무시하면 안 되는 것이다.

애초에 10살 안팎으로 보이는 샤론이 이런 괴물을 만들어 내리라고 누가 예상이나 했을까?

이마저도 회생의 비약을 만드는 과정에 틈틈이 개발한 것에 불과했다.

"저는 좋아요!"

"하겠습니다. 엘프 왕국이 무너지고 동족이 인간 제국에서 살아가기 위해서는 돈이 필요할 테니까요."

라엘도 돈 무서운 줄은 알았다.

구석에 처박혀 자신만의 세계에 갇힌 엘프 왕국의 화초와 그녀는 완전히 달랐다.

돈 때문에 야만인에게 잡혀 죽도록 고생만 했다.

돈이 있어야만 동족을 보호할 수 있다는 사실을 뼛속 깊이 인지하고 있는 것이다.

덕분에 이야기의 진척은 빨랐다.

"10만 골드를 지원해 줄 테니까, 알아서 인력을 뽑고 체제를 갖춰서 판매망을 구축해."

"판매망을 구축하는 작업이 힘들지 않을까요?"

"아니."

이 부분 만큼은 단언할 수 있었다.

처음 이계에서 깨어나고 반군을 토벌하였을 때, 유프란스 강에 항구를 가진 귀족들과 우호를 다진 적이 있었다.

그들의 세력권은 허공에 붕 뜬 상황이었으니, 카온이 내민 손을 거절할 이유가 없다.

지금이야 미적거릴 수도 있다지만 실력을 보여 주면?

마스터가 됐다는 소문만 들려도 곧바로 사람을 보내올 것이다.

통칭 유프란스 연합이라 불리는 귀족들은 상인이기 이전에 제후였다.

황제가 될지도 모르는 사람의 부탁을 거절한다?

2황자와 카온의 선을 모두 붙잡는 한이 있더라도 판매망을 맡아 줄 것이다.

"유프란스 연합에서도 처음에는 강제로 물건을 사 가겠지만, 그 가치를 알게 되면 경쟁까지 해 가며 물건을 매입할 거야."

"오라버니가 길을 전부 닦아 놓으셨군요!"

"물론."

"열심히 할게요!"

"저도요."

두 여자는 이 자리에서 의기투합했다.

그 이후 엘프들이 넘어온다면 모조리 공장에 갈아 버려 공예품도 만들어 팔 것이다.

영지군 무장이 끝나고 나면 무기도 못 팔 것은 없었다.

'2황자와의 싸움은 공적과 창검으로만 하는 것이 아니지.'

결국 돈이 있어야 한다.

황제는 단순한 전략 이외에도 각 황자들이 어떤 식으로 제국을 발전시킬 수 있을 것인지 비전을 보려 했다.

그 성향을 알고 있는 카온은 충분히 늙은이의 입맛을 맞춰 줄 수 있었다.

"가서 머리를 맞댄 후, 기획서 만들어 와."

"바로 갈게요!"

기획서라고 거창한 것은 아니다.

일종의 사업 계획서로 얼마만큼의 재료로 얼마 정도의 물건을 만들며, 예상 매출과 이익 등을 계산한 것에 불과했다.

이 정도는 상업에 별다른 지식이 없어도 만들 수 있다.

애초에 상업 버프를 가진 캐릭터라면 말할 것도 없었다.

훈훈하게 성과를 받아들인 카온은 고급스러운 상자에 담긴 두 개의 약병을 바라봤다.

"이게 바로 회생의 물약이로군."

황금색으로 빛나고 있는 물질에서 강렬한 파장이 느껴졌다.

단순한 마력이 아니라 신비한 힘을 담고 있었다.

원작에서 등장하는 세계수 잎은 세 장.

그중 두 장을 카온이 갖게 되었으니, 앞으로는 세상에 나올 일이 없는 물건이라고 보면 된다.

카온은 당장 체스터 경을 호출했다.

체스터 경은 지금도 훈련에 매진하고 있었다.

혹한기가 물러가는 조짐을 보이자 곧바로 군사 훈련을 재개했기 때문이다.

그런 와중에 급작스러운 호출이 있었으니, 그 역시 짚이는 바가 있었다.

'혹시……?'

시기상 회생의 물약이 완성됐다고 보는 편이 맞다.

그는 만사를 젖혀 두고 달려왔다.

카온은 집무실에서 잔뜩 폼을 잡고 있었다.

괜히 무게를 잡는 것은, 본인도 심장이 뛰어 주체할 수가 없었기 때문이다.

본래 마스터에 올라가려면 깨달음을 얻어야 한다고 한다.

회생의 물약은 그런 깨달음을 거치지 않고 마스터가 되

게 만들어 준다.

 기본적으로는 마스터가 되기 직전까지 육체를 단련하고 마력을 강화해야 하지만, 그 역할은 작가 놈이 다 해 주었다.

 무리하게 이 세계에 개입한 탓에 카온의 검술이 말도 안 되게 발전했던 것이다.

 마력이 어떤 식으로 발출되고, 마나를 어떻게 운용해야 하는지 머리에 박혀 있었기에 반드시 경지에 이를 것으로 보았다.

 "주군! 명을 받들어 왔습니다!"
 "앉지."
 체스터 경 역시 흥분을 감추기 힘든 표정이었다.
 카온은 천천히 분위기를 풀었다.
 흥분한 상태로 약을 들이켰다가는 실수가 나올지 몰랐으니까.
 "경의 예상대로 회생의 비약이 완성됐다. 허나 지금의 경은 너무 흥분 상태야."
 "죄, 죄송합니다."
 체스터 경도 자신의 실책을 인정했다.
 마력을 운용할 때는 그 어떤 때보다 평정심을 가져야 했다.
 기사가 정신 수양을 강조하는 것도 이 때문이었다.

마나는 육체가 아닌 정신과 관련이 깊은 신비의 물질이었다.

의지로 움직이니 그게 박살 나면 폭주할 수밖에.

"심정은 이해해. 나 역시 꽤 곤욕스럽거든."

"차를 마시며 머리를 식히겠습니다."

"잘 생각했다."

카온도, 체스터 경도 마음의 평화(?)를 찾을 필요가 있었다.

"중부 타마라 놈들은 어찌 되어 가고 있나."

"완전히 무장을 마치고 훈련 중에 있습니다. 곧 투입될 것으로 보입니다."

알고르 족장은 혹한기가 풀리자마자 작전을 실행하겠다고 말했다.

그걸 카온이 10일이나 늦췄다.

날씨가 조금이나마 풀려야 사상자가 적게 나오기 때문이었다.

그 문제는 알고르 족장이 알아서 하기로 했기에 일단락되었다.

"2만을 차출하면 치안이 버틸 수 있겠나?"

"타마라족 병사들도 데려갔으면 합니다."

"타마라족? 너무 위험한 것 아닌가?"

"슬쩍 떠봤습니다만, 약탈이 가능하다고 하니 기뻐했습

니다."

"하긴, 놈들은 약탈 민족이었지."

타마라 백성들은 그럭저럭 만족하고 산다 해도, 전사들은 몸이 근질거려 환장할 지경이라고 했다.

예부터 그들은 약탈에 경제를 의지했고, 전투 중에 죽는 것을 영광으로 아는 미친놈들이었으니 이해는 됐다.

거창하게 탐구할 필요도 없이 원작에 떡하니 설명이 박혀 있었으니, 체스터 경의 주장도 틀린 것은 아니었다.

"그에 대한 준비는?"

"혹시 몰라 3천을 준비했습니다."

"그들을 쓰겠다."

"감사합니다."

"경의 말도 일리가 있어. 타마라족의 힘을 줄여 놔야 허튼짓을 하지 않지."

카온은 놈들을 완전히 믿지 않았다.

원작에서 항상 강조했던 말이 의심을 거두지 말라는 것이었다.

그 기조에 따라 카온은 타 세력이 협조적인 '이유'가 있을 때만 믿기로 했다.

부족의 전사들이 다 외부로 나가 있으니, 뭔 짓을 도모하지는 못할 것이라 그들 포함해, 2만 정도는 데려가도 문제가 없을 것으로 보였다.

"보급은?"

"단시간에 준비하기가 힘들었습니다. 어쩔 수 없이 구매했습니다."

"앞으로 상행은 내부 상단에서 할 것이니, 그리 알고 있도록."

"예, 주군."

이야기하다 보니 머리에 올랐던 열이 식었다.

카온은 준비가 됐다고 여겨 상자를 그에게 내밀었다.

회생의 비약 한 병.

체스터 경은 그 안에 든 황금색 물체를 보자마자 무릎을 꿇었다.

쿵!

"주군의 배려는 평생 잊지 않을 것입니다."

"그러라고 주는 거다."

"예!"

"거듭 말하지만 평정심을 유지한 상태로 마셔야 한다. 괜히 유능한 지휘관을 잃고 싶지 않다."

"그러겠습니다."

체스터 경은 집무실을 나갔다.

카온 역시 준비에 들어갔다.

오늘 하루는 집무실에 누구도 들이지 말고 철통같이 지키라고 미첼 경에게 명하였다.

"후우."

정좌를 한 채 숨을 몰아쉬었다.

카온은 마음의 준비를 단단히 한 후, 단숨에 비약을 들이켰다.

회생의 물약을 마시는 순간, 카온은 몸이 붕 뜨는 느낌을 받았다.

느낌만 그런 것이 아니라 실제로도 정좌하고 있는 자신의 모습이 보였다.

지금까지 카온은 '마스터의 경지'를 단순히 마력을 때려 부어 검을 통해 발출하는 것이라고 생각했다.

원작에서도 딱히 그에 대한 설명이 없기도 했고, 여기저기 흘러넘치는 클리셰를 생각하고 쓴 것이라고 여겼다.

회생의 물약이 경지를 올려 준다는 것도 단 한 문장으로 기술되어 있을 뿐이었다.

[회생의 물약을 마시니 깨달음을 얻어 마스터의 경지에 올랐다.]

여기서 무슨 심오한 뜻을 찾아볼 수 있을까.

그러나 실제로 자신의 모습을 관조하게 되니, '마스터'의 경지에 오른다는 것은 영혼의 격이 올라간다는 것을 알았다.

수도승이 오랜 시간 깨달음을 추구한 끝에 열반에 올랐다는 말처럼, 육체가 아닌 영혼 깊숙한 곳에 잠재되어 있던 무언가가 한 단계 성장해 나가는 과정이었다.

회생의 물약은 단순한 약이 아니었다.

물질계와 정신계를 연결하는 과정.

여기서 마력이란 단순히 영혼의 힘을 발출하는 도구일 뿐이다.

마스터들은 마력을 유형화한 색깔이 다르다.

단순한 푸른빛이 아니라 세상에 존재하는 모든 빛깔을 담고 있었다.

이제 보니 그 색깔은 자신을 이루고 있는 모든 것의 총합을 색으로 표현한 것이었다.

카온은 물질계를 벗어나면서 자연계와 비자연계가 어떤 식으로 작용하는지 보았다.

'마력으로 자연계와 비자연계를 잇는다. 지금 보니 마력은 두 가지 힘을 모두 품고 있었군.'

세상의 본질을 관철할 수 있다면 힘을 얻을 수 있다.

이렇게 보니 육체를 벗어나서 살아도 좋겠다는 생각이 들었다.

매우 위험한 유혹이 아닌가.

실제로 열반의 경지가 이런 것이라고 여겼다.

군이 물질계에 집착할 필요가 있나?

영혼계가 이토록 아름다운 것을.

카온은 잠시 정신이 팔려 있다가 퍼뜩 정신을 차렸다.

'내가 그리 쉽게 삶을 포기한다고? 말도 되지 않는다.'

작가인지, 신인지 알 수 없는 존재 때문에 이 세상에 떨어졌다.

생존의 기치를 걸고 발버둥을 쳐 왔으며 그 끝을 보고자 했다.

복수심이라고 해도 좋았다.

카온은 이 순간, 영혼이 육체를 벗어던지려 하는 욕구를 잠재웠다.

그러자 순식간에 영혼이 육체 속으로 쑥 빨려 들어갔다.

그는 눈을 떴다.

"마스터의 경지란 열반에 들기를 거부한 자들의 힘인가."

깨달음을 얻었으나 세상에 미련이 있어 떠나지를 못한다.

마치 지박령처럼.

카온이 억지로라도 복수심이나 살아갈 의미를 찾지 못하였다면 이 자리에서 사망하고 말았을 것이다.

그 위험천만한 수라장을 뚫고 나온 카온은 모든 물체를 쪼개 버릴 힘을 얻었다.

눈앞에서 탁하게 타오르는 백염.

부처나 예수 같은 성인군자는 아니지만 완전히 악에 물들지 않은 영혼.

카온의 존재가 이 색 하나에 담겨 있었다.

"힘이 생겼다면 휘둘러야지."

등선이나 열반, 승천 등으로 표현되는 포근함을 버리는 대가로 얻은 검.

카온은 조용히 성장하기엔 어긋난 사람이었으므로 적극적으로 이 힘을 사용하기로 했다.

그날 밤.
카온은 체스터 경을 집무실로 불렀다.
그는 들어오자마자 머리를 바닥에 처박았다.
쿠구구궁!
꽈직!
"……."
감격스러운 것은 알겠는데, 대리석 바닥이 움푹 파였다.
딱히 피가 튀는 일도 없었으니, 대리석보다 체스터의 머리통이 더 단단하다는 뜻이리라.
"주군의 은혜로 경지를 되찾았사옵니다!"
체스터의 눈동자가 떨렸다.
지금까지 그는 믿었던 사람들에게 뒤통수를 맞은 후, 죽지 못해 사는 처지였다.

누명을 써 가문이 망하고 가족들까지 깡그리 죽어 버렸으니, 그 복수심이 얼마나 대단할지 상상도 못 할 지경이었다.

그러나 이제 힘이 생겼다.

체스터의 적은 2황자 파벌을 비롯한 중립 귀족 몇 명.

카온이 애초에 그를 영입하려 마음먹었던 이유도 이 때문이었다.

복수의 대상이 일치하지 않았다면, 그냥 체스터를 오지에 박아 두는 것이 안전했다.

목적이 같으니 쉽게 충성할 수 있었고, 지금에 이르러서는 카온의 잘 드는 칼로 활용할 수 있었다.

"체스터 경, 앞으로 우리가 해야 할 일은 세력을 모으는 것이다. 마스터가 두 명이나 탄생했다고 하나, 바로 2황자 세력과 부딪치는 것은 무리이지. 경이 실력을 되찾았으니 몹쓸 짓을 했던 자들은 모두 2황자에게 붙을 터다."

체스터는 묵묵하게 고개를 끄덕였다.

카온의 말에는 서두르지 말자는 뜻도 담겨 있었다.

"제가 죽기 전까지만 복수할 수 있다면 그깟 기다림이 대수겠습니까?"

"우리의 목표는 같다. 그 과정에서 경의 원수가 있다면 직접 복수할 수 있도록 하겠다. 2황자의 목은 상징적이라

내가 쳐야겠지만 나머지 잡것들은 양보하겠다."

"복수할 수만 있다면 지옥이라도 웃으며 들어갈 것이옵니다."

"좋아. 그럼 이걸 활용할 방안을 고심해 보지."

"예, 주군."

북방에 마스터 둘이 나타났다.

만약 카온이 평범한 기사였다면 여기저기서 쟁탈하려 들 것이다.

제국에는 마스터가 두 명 존재하였으며, 모두 정치적으로 엄청난 의미를 가지고 있었으니까.

즉, 황자 정도 되는 인물이 마스터가 되었다면 그 파급력은 상상도 못 한다.

이걸 최대한 유리한 쪽으로 활용하는 것이 기술.

마스터가 됐다고 전장을 혼자서 다 씹어 먹을 수는 없는 노릇이었으나, 정치적인 상징성만큼은 대단했다.

"적극적으로 소문을 내 각 세력의 반응을 일으켜 이용하는 전략이 필요하다. 야만인에서부터 시작해 황실, 각 파벌들, 유프란스 연합에 이르기까지 전부 반응할 것이다."

"영지가 안정되는 효과도 있을 것입니다."

"그럴 테지. 경은 이전에도 마스터가 되어 영지를 다스렸으니 그 분야에 전문가일 거야."

"제 짧은 소견으로는 내일 당장 주군과 제가 대련을 해야 한다고 생각합니다."

"소문보다는 눈인가."

"북방에는 각 세력이 세작을 박아 두고 있을 겁니다. 내일 힘을 증명하고 황실에 보고하면 단숨에 여론이 형성됩니다."

황제에게 보고하면 그 정보가 가짜라고는 생각할 수 없다.

세작들이 자신의 세력들에도 보고할 것이었기에 교차 검증이 되는 것이다.

그리하면 빠르게 영향력을 쌓을 수 있을 터였다.

"나머지 세력들의 반응은 차차 지켜보시고, 가장 가까운 북방 지역부터 정리해야 할 것으로 보입니다."

"타마라 말이군."

"예, 지금 남 타마라 지역에서 국지전이 벌어지고 있습니다. 차라리 화끈하게 그쪽으로 주군과 제가 몰려가 힘을 과시하면 감히 내려올 생각은 못 하겠지요."

마스터가 두 명이나 존재하는 영지를 건든다는 것은 미치지 않고서야 할 수 없는 발상이다.

대규모 군대를 동원하면 몰라도 소규모 전투에서 마스터는 인간 살상 병기 그 자체였다.

굳이 비교하면 막대기 들고 싸우는 시대에 총을 들고 갈겨 버리는 정도의 효과였다.

그렇게 무력시위를 해 주면 중부 타마라 놈들은 반드시

엘프부터 족치려 할 터다.

"엘프 왕국이 급해지겠군."

"반드시 그쪽으로 병력을 증강시키려 할 겁니다. 타마라 놈들이 야만적이기는 해도 멍청하진 않으니, 올해 안에 쳐들어오는 짓 따위는 하지 않겠지요."

"맞는 말이다."

체스터 경의 말에는 모두 근거가 있었다.

황실이나 제국 등지에 영향력을 끼치는 것은 어차피 반란을 진압한 이후가 된다.

세작들이 보고하겠지만, 굳이 헛소문이라고 일축하는 자들도 나올 것이다.

최대한의 효과를 보려면, 가장 가까운 곳에 있는 중부 타마라부터 족치는 것이 맞다.

그리하여 엘프들만 끌어들일 수 있다면.

"경제력은 갖춰지겠군."

"엘프만으로는 한계가 있겠으나 지금보다는 훨씬 나아질 것이라고 봅니다."

병력이 많이 동원된다는 것은 그만큼의 자금이 투입된다는 뜻이다.

전쟁은 곧 돈이라는 말이 괜히 있는 것이 아니다.

"좋아. 내일 공개 대련부터 해 보자고."

"예, 주군!"

다음 날 아침.

3황자와 체스터 경이 마스터의 경지에 올랐다는 소문이 쫙 퍼졌다.

이 정도로 민감한 소문은 몇 명에게만 퍼뜨려도 순식간에 번지는 특성이 있었다.

다른 것도 아니고 마스터의 탄생이었다.

한 세대를 풍미하는 마스터의 숫자가 손에 꼽을 정도라는 것을 생각하면 세상이 뒤집어질 일임은 분명했다.

새벽같이 일어나 좀비처럼 일하고 있던 행정관들은 이 소식을 듣고 깜짝 놀랐다.

"전하께서 마스터의 경지에!?"

"예."

"확실한가?"

"그렇게 선언하셨고, 오전 10시에 체스터 경과 대련을 한다고 합니다."

"허어!"

실질적으로 행정부를 이끌어 가는 비델로스는 너구리 눈이 된 채 넋이 빠졌다.

나머지 행정관들도 마찬가지이긴 했다.

소문을 전한 자는 황제에게 보고가 올라갔다는 말까지 했다.

"폐하께 보고라니!"

행정관들은 운명을 직감했다.

전장에서 전공이 부풀려 보고되는 경우는 흔하기에 차지하더라도, 객관적인 부분까지 속일 수는 없다.

그랬다가는 바로 기군망상의 죄로 목이 날아간다.

황권이 무너지고 있다지만, 황제가 중앙군 30만을 손에 쥐고 휘두르는 이상, 거짓 보고한다는 것은 있을 수 없는 일이다.

간단한 삼단 논법으로 생각해도 이건 진실이었다.

"난리 났군."

"어째서 말입니까? 북방에 마스터가 두 명이나 탄생하였으니, 승승장구할 일만 남은 것이지요."

"그래서 문제라는 말일세, 이 멍청한 작자야! 세력의 확장은 일거리 폭탄이라는 것을 몰라?"

"헉!"

"젠장!"

행정관들의 얼굴이 어두워졌다.

3황자 세력이 망하는 것보다는 낫지만, 여기서 일거리가 늘어났다가는 서류에 짓눌려 죽을 것이다.

애초에 이 정도 인력으로 국경 영지 두 개를 다스린다는 것은 문제가 많았다.

토지 조사가 다 끝나지도 않았는데, 영토라도 늘어나면 유프란스 강에 빠져 죽는 것이 낫다.

"인력을 충원해야겠군."

행정관들은 벌써부터 두 명의 마스터가 미칠 파급력을 걱정하고 있었다.

영지 광장.

새벽 무렵부터 마스터 '들'이 탄생했다는 소문이 퍼졌다.

이를 증명하기 위해 카온과 체스터 경이 대련하기로 했다.

날이 다소 풀렸다지만 그래도 꽤 추웠는데, 가신, 기사, 병사, 백성까지 빽빽하게 이곳에 모여 있었다.

얼마나 사람이 많았으면 가판을 들고 다니며 먹을 것을 파는 상인까지 등장했다.

아직 10시가 되기 전.

사람들은 많은 관심을 보였다.

"정말로 마스터가 두 명이나 탄생했을까?"

"직접 들었다니까."

"경사 났군."

시간이 다가올수록 사람들이 많이 모여들었다.

광장 주변의 집집마다 사람이 들어차고 옥상 역시 발 디딜 틈이 없었다.

병사들은 광장 한 부분을 비우기 위해 진땀을 흘려야 했다.

그럼에도 강하게 제지하지는 못했다.

널리 이 사실을 알려야 한다는 카온의 뜻이 있었기 때문이다.

"영주님과 체스터 경이 나오십니다!"

"오오!"

사람들이 홍해의 기적처럼 갈라졌다.

카온과 체스터 경은 완전 무장을 한 채였다.

말이 대련이지 마스터끼리 대결을 잘못하면 순식간에 목이 날아갈 수도 있었다.

카온과 체스터가 마주 보고 섰다.

대련의 형식을 취할 것이지만 무조건 사정을 봐주어야 한다.

대중들의 인식에도 검술 자체는 카온이 무조건 부족하다고 생각했다.

체스터 경은 전 세대 마스터였으며, 지금에 이르러 다시 그 자리에 복귀하였으니 검을 잡은 세월만 30년이었다.

하지만 카온의 나이는 겨우 16세였으니, 검술로 승리한다는 것은 말도 안 됐다.

"시작하지."

"예, 주군!"

화르르륵!

그들은 바로 마스터의 상징을 부여했다.

사람들은 충격에 휩싸였다.

평생 살면서 마스터의 검을 보기가 얼마나 힘든데, 난데없이 북방에 두 명이나 나타났기 때문이다.

'이건 쇼지.'

직접 마스터의 경지에 올라 보니 알 수 있었다.

일명 오러 블레이드라고 불리는 무형의 기운은 해탈을 거부한 자들의 반대급부다.

이로 인해 강력한 파괴력을 가지게 되는 것은 맞지만, 오래 사용할 수도 없을뿐더러 정작 마스터들은 이 무형의 기운에 크게 신경 쓰지 않았다.

어쩔 수 없는 상황에 최대한의 파괴력을 끌어 올리는 수단이라고 할까.

대마법사의 고위 마법과 비슷하다고 보면 됐다.

그럼에도 대중은 상징성에 열광했다.

'원한다면 해 줘야지.'

콰르르릉!

카온과 체스터 경의 검이 부딪쳤다.

강렬한 충격파와 함께 돌바닥이 죄다 깨졌다.

가공할 만한 위력이었다.

오러 블레이드를 뽑으려면 엄청난 마력을 쏟아부어야 했기에 자연적으로 신체의 모든 능력이 상승한다.

이리저리 빠르게 움직이며 검술까지 사용하자 겉으로 보

기에는 매우 현란했다.

　카온은 변화무쌍한 체스터 경의 검을 마주하며 아직 갈 길이 멀었다고 생각했다.

　마스터라고 다 같은 마스터인가?

　결코 아니다.

　검을 잡은 세월만큼 강하기 마련 아닌가.

　카온은 작가의 농간으로 얻은 힘이 적용되어 이 정도라도 버티고 있는 것이었다.

　그러나 사람들은 이 자체가 기적이라고 여겼다.

　체스터 경의 눈에 이채가 흘렀다.

　카온은 회생의 물약을 마시기 전에 한 번 더 작가의 농간을 받았다.

　그랬기에 검술이 향상된 것은 당연지사였다.

　꽈직!

　결국 검을 꺾은 것은 카온이었다.

　쿵!

　오러 블레이드가 잦아들었다.

　"와아아아!"

　짝짝짝짝!

　바로 난리가 났다.

　기사들은 벌써 카온이 황제라도 된 듯이 기뻐했다.

　병사들도 마찬가지였다.

백성들도 마스터가 어느 정도의 상징성을 가지고 있는지 잘 알고 있었으므로 난리 블루스를 쳤다.

"역시 스승의 검을 내가 꺾을 수는 없군!"

"허허허! 까딱하면 제가 패배할 뻔했사옵니다. 정말 천재적인 능력입니다. 2황자가 잘난 것이라고는 검술 하나였는데, 이제 보니 다 주군의 손바닥 안에 있었군요."

"내가 2황자보다 낫다는 것은 인정하지만, 이렇듯 검을 사용하는 것은 경의 지도가 있었기 때문이 아니겠나. 마스터에게 검술을 지도받았으니 그 뒤를 따른 것이지."

"소인은 그저 경의를 표할 뿐입니다."

체스터 경이 한쪽 무릎을 꿇고 고개를 숙이자 모든 기사들이 따라 했다.

그 뒤로는 병사들이, 가만히 있던 백성들마저 무릎을 꿇었다.

카온은 가만히 위엄을 세웠다.

'이만하면 2황자에게 대항할 수 있는 최소한의 힘은 확보한 셈이다.'

오후 무렵에 가신들이 회의에 참석했다.

오늘 보여 준 무력 때문인지 평소보다 분위기가 상기되어 있었다.

당장 미첼 경부터가 그랬다.

"주군! 당장 출병하시죠! 하루라도 빨리 반군을 처리해야 입지가 올라갈 겁니다!"

"맞습니다! 준비는 만전입니다!"

다들 머리에 피가 쏠려 있었다.

우주 만물의 단편을 보고 온 카온은 굉장히 차분하게 이야기를 듣고 있었다.

마스터가 되면서 느낀 것은 모든 상황을 제3자가 되어 지켜볼 수 있게 됐다는 것이다.

본인의 일이라도 마찬가지였다.

"다들 진정해라."

"크흠."

"제가 좀 흥분했군요."

카온의 분위기가 약간 바뀌었다는 것은 가신들도 알고 있었다.

가만히 앉아 있어도 특유의 아우라가 나왔으므로 예전처럼 가볍게 말을 붙일 수 있는 사람은 없었다.

"빠르게 출병해야 한다는 미첼 경의 말도 물론 맞다. 하지만 적당히 뜸을 들여야 제맛이 나지."

"빵 반죽처럼 말입니까?"

"맞다. 오늘에서야 실력을 보였으니 전서구를 타고 제국 전역으로 소문이 번지려면 일주일은 걸린다. 반란군 진압을 위한 출병은 그때 하는 것이 맞다."

"그렇다면 오늘 출병에 대해 다루자고 하심은……?"
"엘프 왕국에 대한 건이다."
"아!"
가신들은 상황을 이해했다.
엘프들의 성미가 굉장히 답답하다는 사실은 모두가 공감하고 있었다.
자신들의 목숨이 위협받을 수도 있는 상황인데, 그냥 편하게 생각해 버린다?
인간의 입장에서는 도저히 납득이 되지 않는 일이었다.
롬멜 경이 그들을 생각하며 혀를 찼다.
"야만인 같았으면 그냥 내버려 두었을 텐데 말입니다."
"그럴 수는 없지."
"대책이 있으십니까?"
카온은 체스터 경과 했던 이야기를 들려줬다.
가신들은 무릎을 쳤다.
마스터 두 명이 대놓고 시위하면 그들은 더욱 빠르게 엘프 왕국을 치려 할 것이다.
그리고 아군이 동원되어 재빨리 엘프들을 빼낸다.
"경들은 현 시간부터 엘프 마을을 건설하도록 해라."
"에, 엘프 마을이요?"
"적당한 숲에 트리하우스를 짓고 북쪽으로는 성벽을 쌓아. 근처에는 공방도 짓고."

"그, 그것이."

행정부를 맡고 있는 비델로스는 쩔쩔맸다.

여기서 일을 더 늘렸다가는 죽을 수도 있다고 봤기 때문이다.

그걸 바로 알아본 카온은 아무렇지도 않게 말했다.

"사람이 하루 4시간 잔다고 당장 죽지는 않는다."

"그 말씀이 옳기는 합니다만."

"수면이란 질이 중요하지. 양이 아니라."

'저 개새끼!'

행정관들은 울상을 지었다.

몇몇은 정말 울기까지 했다.

그러나 대놓고 욕은 못 했다.

지금까지 카온이 보여 준 면모를 생각하면 정말 황위를 차지할 것 같았기 때문이다.

말 그대로 승승장구인 것이다.

가문을 일으켜 세운다고 죽어라 일하지만 증원이 필요했다.

"그, 그러면 증원이라도 해야 합니다."

"해라."

"예?"

"알아서 하라고."

"……명을 받듭니다."

목마른 사람이 우물을 파는 법 아닌가.

카온이야 그냥 행정관들을 갈구면 되는데, 왜 귀찮게 직접 움직인다는 말인가?

일손이 부족하면 알아서 충원해야 한다.

"보급도 중요하니 준비해라. 내일 북쪽으로 올라갈 것이다."

"예!?"

"놀라지 마라. 한 200명 정도만 끌고 가서 시위하려는 것뿐이니까."

행정관들은 200명이라는 소리에 안도의 한숨을 내쉬었다.

만 단위의 병력을 동원한다고 했으면 바로 유프란스 강에 다이빙했을 것이다.

북방에서 한바탕 난리를 치는 동안 이틀 만에 전서구가 황실에 닿았다.

몇 개의 영지를 거치긴 했어도 정보가 변질될 우려는 없었다.

기쁜 소식이 정보부에서 처리되고, 보고서의 형식으로 작성되는 동안, 황궁 내에서는 연신 비상 회의가 이어지고 있었다.

당연히 반란에 대한 건이었다.

"폐하! 점점 역도의 숫자가 늘어나고 있으며, 방어에도 한계가 찾아오고 있사옵니다!"

"지금은 겨울이다. 어찌 군을 파병하나."

"날도 슬슬 풀렸으니 지원을 해야 하옵니다."

"곧 3황자가 간다."

"전하께서 가시는 동안 시간이라도 벌어야 하지 않겠습니까?"

"지금 제국에 그럴 여력이 어디에 있다는 말인가?"

"부디 결단을 내려 주시옵소서!"

2황자 파벌은 매일같이 황제를 압박했다.

이게 잘못된 것은 아니다.

저들의 주장대로 2황자는 라이턴 영지에서 적들을 간신히 막고 있었다.

적들은 한겨울에도 공세를 이어 나가고 있었기에, 매일 많은 사상자가 발생하고 있었다.

일단 시간을 벌어야 한다는 자체는 제신들도 공감했지만, 바이스 후작이 물귀신처럼 물고 늘어졌다.

"어떻게든 버텨야지요. 2황자께서는 군령권이 있으십니다. 주변 영지에게 병력을 소집하고 있는 줄 압니다만?"

"중앙군과 잡병이 같소?"

"제가 보기에 후작은 중앙군을 줄이고 싶어 하는 의도로 보입니다만."

"뭐요!?"

"아닙니까?"

웅성웅성.

다시 대전은 난장판이 됐다.

황제는 머리를 짚었다.

이제 이런 싸움에 일일이 화를 내는 것도 힘들었다.

건강이 계속 안 좋아지고 있었기 때문이다.

이 상황에 황태자는 아예 혼수상태에 빠졌다고 하니, 환장할 노릇이었다.

가만히 이야기를 듣고 있던 랭파인 공작이 나섰다.

"폐하, 동부 사령관을 보내시는 것이 어떻습니까? 그로 하여금 전하를 보조하게 된다면 괜찮을 것 같습니다만."

"그건 안 된다. 동부 사령관을 동원하면 남부 사령관이 가만있겠나?"

"설마 남부 사령관이 배신하겠사옵니까?"

"모르지. 지금 모인 역도들은 죄다 남부 출신 아닌가. 설사 남부 사령관이 황실을 도울 뜻이 있다고 해도 사막 놈들은 어떻게 막나?"

"으음."

랭파인 공작은 침음을 흘리며 물러났.

제국에는 현재 두 명의 마스터가 있었다.

각각 남쪽과 동쪽의 변경을 맡고 있었는데, 호시탐탐 제국을 노리는 적으로부터 내부를 보호하는 역할을 맡았다.

마스터라는 이름값 때문에 적들이 제어되고 있었는데, 그들이 빠지면 난리가 난다.

더욱이 남부 사령관은 중립이나, 2황자를 옹호하는 입장이었으므로 괜히 빼냈다가는 반란이 길어질 수밖에 없었다.

황제가 진퇴양난에 빠져 있을 때, 정보부에서 전서구를 받아 정리된 안건이 올라왔다.

"폐하! 급히 전할 소식이 있습니다!"

"급한 소식……?"

황제와 대신들은 잠깐 멈칫했다.

최악의 경우에는 2황자가 패배했다는 말이 들릴 수도 있었다.

그러나 오히려 그 반대였다.

"3황자 전하께서 깨달음을 얻어 마스터가 되셨다고 합니다!"

"뭣이!?"

"체스터 경 역시 경지를 되찾았다는 기쁜 소식을 전해 왔습니다!"

"……!"

어마어마한 충격이 대전 내부를 휩쓸었다.

3황자가 마스터가 됐다는 것만 해도 믿기 어려웠는데,

마나 홀이 깨진 체스터가 경지를 되찾았다고?

다들 정신을 차리지 못했다.

황제조차 꿈을 꾸고 있는 것이 아닌가 싶을 정도였으니, 다른 사람들은 말할 것도 없었다.

여기서 가장 큰 충격을 받은 사람은 3황자의 라이벌인 2황자 파벌이었기에, 갈레스 후작이 정보부장의 멱살까지 쥘 기세로 물었다.

"여긴 어전이다! 폐하께 왜곡된 정보를 전하면 어찌 되는지 알고 있나?"

"저는 사실만 말씀드릴 뿐입니다. 혹시 정보가 왜곡됐나 싶어 이런저런 경로를 통해 알아본 결과, 3황자 전하와 체스터 경이 대련을 벌여 실력을 과시했다고 합니다."

"허어!"

갈레스 후작은 꿀 먹은 벙어리가 됐다.

상식적으로 황제에게 보고를 하는데, 계승권을 가지고 경쟁하는 황자가 왜곡된 정보를 보낼 리 없었다.

그랬다가는 계승권 박탈은 물론이고 목까지 잘릴 수 있었기 때문이다.

교차 검증까지 했다고 하니, 사실일 가능성이 매우 농후했다.

황제는 자리를 박차고 일어났다.

"그게 사실이더냐!"

"예, 아무래도 3황자 전하께서 체스터 경에게도 손을 쓴 모양입니다. 감축드리옵니다, 폐하!"

"감축드리옵니다!"

"하하하하!"

황제는 그 자리에서 웃어 젖혔다.

너무 기뻐서 몸을 좀먹고 있는 고통도 느껴지지 않았다.

흥분이 가라앉자 황제는 현실적으로 생각했다.

"황자가 마스터가 됐다. 그 말은 적 기사들이 매우 부담을 느낄 수밖에 없다는 뜻이지. 황족의 권위와 더해져 막대한 시너지를 낼 터."

"그렇습니다."

마스터는 무력도 그렇지만, 역시 상징성이 더 컸다.

마스터라고 몇 만 대군을 한 번에 쓸어버린다던가?

그들도 사람이고 창칼에 맞으면 죽는다.

그러나 기사들은 그리 생각하지 않았다.

얼마나 많은 수련과 고행을 해야 그 자리에 오르는지 잘 알았기에 절로 경외심이 생기는 것이다.

마스터가 두 명이나 내려가면 그 부담은 가중된다.

"이걸로 해결이다! 총사령관과 보급 사령관은 들어라."

"하명하소서."

"예, 폐하."

"카온 녀석에게는 되도록 빨리 황궁으로 들어오라고 전

해라. 이곳에서 중앙군을 인수해 봄이 될 때까지는 반군과 전쟁을 시작해야 한다."

"명에 따릅니다!"

다들 기뻐하고 있었지만, 2황자 세력은 굉장히 떨떠름해했다.

잘못하면 대세가 기울 수도 있을 만큼 엄청난 사건이었기 때문이다.

황실에서 전서구를 날리고 있는 그 시각.

카온은 다시 한번 병력을 이끌고 북진했다.

이번에는 단 200기의 기병만 데리고 갔기에 속도가 매우 빨랐다.

'춥긴 춥군.'

걸어 갈 때는 몰랐는데, 차가운 갑옷에 말까지 타고 가자 뼈가 시릴 지경이었다.

마력으로 보호해 주지 않으면 칼바람에 살이 베일 정도였다.

두두두두!

선발대로 정찰을 나갔던 미첼 경이 척후대를 이끌고 달려왔다.

"주군! 전방에 기병 300기가 무력시위를 하고 있습니다!"

"300기?"

"저쪽에서도 우리 움직임을 간파한 모양입니다."

"숫자를 믿는다는 것이군."

"예!"

사실 중부 타마라 놈들과의 국지전은 카온이 유도했다.

체스터 경에게 명령을 내려 강력한 철기로 무장해, 적을 유린하라고 명령했던 것이다.

그 결과 적들은 잔뜩 약이 올랐다.

같은 숫자로는 도저히 상대가 되지 않으니, 점점 숫자를 늘려 이제는 수백 명씩 무리를 지어 다녔다.

신경전을 주로 벌이거나 몇 명씩 죽어 나가는 것이 일상이었다.

야만인 놈들은 자신들이 유리하다고 생각하면 결코 물러서는 법이 없었다.

카온은 검을 뽑았다.

"이번 기회에 본때를 보여 준다!"

"오오!"

기병들은 사기충천했다.

이쪽에는 마스터가 둘이나 있었다.

대규모 전투에서도 마스터는 선봉에서 기세를 올리는 역할을 맡았다.

상징성이 더 중요하지만, 무력 역시 강력하여 쓰기에 따라 전세를 뒤집을 수도 있는 것이다.

하물며 수백 단위의 전투에서는?

그 정도는 순식간에 쓸어버릴 수 있다.

적과의 병력 차이는 고작 백에 불과했다.

두두두두!

카온이 선두에 섰고, 체스터 경이 좌측을 보조했다.

적들이 보였다.

놈들은 이쪽의 숫자를 보고 득의양양한 표정을 지었다.

그러고는 강 대 강으로 나왔다.

해 볼 만하다고 판단해 빠른 속도로 쇄도하는 것이다.

적들과 부딪치기 직전.

카온과 체스터 경은 오러 블레이드를 발출해 전방을 후려쳐 버렸다.

콰콰콰광!

"끄아아악!"

"아아아악!"

순식간에 적들이 양단되었다.

검강의 다발이 날아가 폭발하였으니 야만인 진영은 순식간에 무너지기 시작했다.

'검강이 만능은 아니지만 그래도 시원하긴 하군.'

카온은 마음껏 적을 유린했다.

중부 타마라족 백부장 카우치는 지금 눈앞에 펼쳐지고 있는 광경을 도저히 믿을 수 없다는 눈으로 바라보고 있었다.

일검에 병장기와 인간이 통째로 잘렸다.

넘실거리는 검강.

제국식으로 표현하면 마스터이며, 타마라식으로 표현하면 대전사가 둘이었다.

제국에서도 마스터가 출현하면 요동쳤는데, 그보다 인구가 매우 적은 타마라 입장에서는 대전사가 출현했을 때, 부족 전체가 일통될 정도였다.

그런 괴물들이 제국을 수호한다.

카우치는 혼비백산했다.

충격에 빠진 전사들이 도주하는 가운데, 이 악귀들은 화살까지 날려 다 쏴 죽였다.

카우치가 빠져나갈 수 있었던 것은 적들이 그러길 원했기 때문이다.

그는 간신히 부족에 도착해 대족장에게 고해바쳤다.

"대족장! 제국 북부에 대전사 둘이 나타났습니다!"

"뭣이!?"

웅성웅성.

장로들과 함께 타마라의 미래를 논의하고 있던 대족장 코우젠은 순간 잘못 들은 것이 아닌가 싶었다.

그가 알기로 제국의 마스터는 둘이었다.

원래는 셋이었으나 억울하게 누명을 쓰고 숙청되었다고 들었다.

추후 복권됐지만, 영지를 날리고 폐인처럼 살아간다고 했다.

하나는 남부 사령관이며, 나머지 하나는 동부 사령관이었으니, 마스터가 북부까지 영향을 미칠 리는 만무하다고 봤던 것이다.

그런데 뭐?

"호, 혹시 새로운 마스터라도 나타난 것인가!?"

"저희가 조사한 바로는 그렇습니다. 그중 한 놈은 황금빛 갑옷에 보랏빛 망토를 걸친 것이 황자로 추측됩니다."

"북방 사령관으로 왔다는 황자 말이더냐!"

"예!"

"제국 놈들이 작정을 했구나!"

코우젠도 눈과 귀가 있었기에 북방에 망나니 황자가 부임했다는 사실 정도는 알고 있었다.

그가 망나니가 아니며, 제국 반란군을 진압한 공로를 인정받았다는 사실까지.

상인들이 말하길, 정쟁에서 밀려온 것이라는데 제국의 움직임은 그렇지 않았다.

놈들은 무려 남부 타마라 놈들을 흡수하는 기염을 토했

다.

남부 놈들이 나약하긴 해도 위대한 타마라의 후예였다.

그들이 싹 끌려갔다는 것은.

"이유가 있었군."

대족장은 심장이 미친 듯이 뛰는 것을 간신히 억눌러야만 했다.

잘못하면 여기서 나약한 모습을 보일 수도 있었으니까.

"대, 대족장. 적진에 대전사가 둘이나 나타났다면 문제가 심각하지 않소?"

"북부가 통합될 것 같다."

"북부 통합!"

제국 북부 전체가 황자의 손에 들어가는 것이다.

그 후에 어떤 재앙이 올지는 뻔했다.

가뜩이나 대족장은 요즘 신경이 곤두서 있었다.

제국 놈들이 강력한 철기로 무장해 계속 아군을 충돌질하고 있었기 때문이다.

처음에는 우연이라고 여겼는데, 지금 보니 철저하게 계획된 행동이었다.

마스터, 아니 대전사라고 전장 전체를 좌지우지하는 것은 아니다. 그보다는 상징성이 강하다는 것을 그 역시 잘 알고 있었다.

그럼에도 문제는 심각했다.

"기술력이 문제다."

"엘프 왕국을 쳐서 노예들을 확보해야 합니다! 놈들이 얼마나 유용한지 드러났지 않습니까!"

엘프 왕국의 존재.

지금까지는 남부와 북부 놈들의 눈치를 보느라 엘프 왕국을 치지 못했다.

힘들여 빼앗아 오게 되면 그게 불씨가 되어 타마라 부족들 간에 대전쟁이 터질 수도 있었기 때문이다.

그러나 지금은 그게 문제가 아니었다.

"북부 놈들과 힘을 합쳐야 한다. 그리고 엘프 왕국을 친다."

대족장은 결정을 내렸다.

달리 선택지가 없었다.

북부의 원정은 별 어려움 없이 마무리됐다.

애초에 고작 수백 명의 병력을 짓밟는 일 따위는 어렵지도 않은 일이었다.

목적은 상징성에 있었다.

제국 북방에 마스터가 둘이나 나타났다는 사실을 알리는 것만으로도 충분했다.

여전히 추운 계절이었지만, 늦겨울에 접어들고 있어 사방에서 세력들이 움직일 조짐을 보였다.

카온은 이런저런 루트를 통해 정보를 취합하느라 바빴다.

"고원 중부와 북부가 동맹을 맺었다?"

"그렇습니다, 주군."

보고를 올리는 알고르의 표정은 매우 침착했다.

예전 같았으면 난리가 날 일이었지만, 그들은 이곳에 잠재되어 있는 저력을 믿고 있었다.

마스터들의 탄생과 꾸준히 증강되는 병력.

날이 갈수록 카온의 세력은 커질 것이니, 놈들이 떼로 몰려온다고 해도 문제가 아니라고 봤다.

그러고 보면 알고르는 전보다 더욱 고분고분해졌다.

"설마 북부 놈들과 동맹을 맺을 줄은 몰랐지만, 어느 정도 예상대로는 움직이고 있다."

"그들은 대놓고 엘프 왕국을 집어삼켜 공업력을 발전시킬 것이라고 선언했습니다. 봄이 되면 출병할 것으로 보입니다."

"봄이라."

"겨우내 세력을 규합해야 하니 말입니다."

"이런 반대급부가 있었군."

혹시 카온은 작가 놈이 개입한 것은 아닌지 의심했다.

하지만 그건 아니었다.

남부 타마라족은 수많은 사람들의 눈깔이 뒤집혀 있었다.

능력에 한계가 있는 작가로서도 조금 무리한 것이 아닌가 싶었다.

한둘도 아니고 단체로 사람 눈을 돌게 하기란 쉽지 않은 일이었다.

작가가 부린 수작이 진행되고 있는 건 딱 두 개였다.

카온에게 제국 반군 토벌을 맡긴 것과, 중부 타마라 놈들을 규합한 것.

여기까지만 해도 상당한 무리일 것이니, 고원 북부와 손을 잡은 건 중부 대족장의 의지라고 봐야 했다.

어쩌면 중부 타마라 놈들을 규합할 때 이런 연쇄 효과가 나타날 것이라고 예상했는지도 모르고.

'어쩔 수 없지. 그래도 놈 때문에 마스터의 자리에 올랐으니 이 정도는 감수해야 한다.'

초대형 세력이 머리 위에 들어서는 것이지만 함부로 남하하지는 못할 것이다.

여기에 엘프를 빼돌리면?

더욱 신중해질 터였다.

"우선 알겠다. 경은 돌아가 원정 준비를 마저 해라."

"예!"

타마라 놈들이 거슬렸지만, 나쁜 소식만 있는 것은 아니었다.

마스터 두 명이 탄생하고, 뜸을 충분히 들이자 황실부터 시작해 제국 각지의 귀족들로부터 서신이 날아왔다.

황제는 당연히 축전을 보냈고, 가능한 한 빨리 내려오라고 명령했다.

황태자 파벌 수장인 랭파인 공작은 정중하게 축하의 메시지를 보내며 '협조'를 약속했다.

여기서 협조는 토벌군을 편성할 때 좀 더 신경을 써 주겠다는 의미였다.

바이스 후작에게 온 서신도 있었다.

이건 좀 주목할 필요가 있었다.

[지금까지 제가 간을 보았다고 너무 노여워 마시길 바랍니다. 이제야 저는 빛을 보았으니 가문을 걸고 대권에 도전하기로 했습니다.]

바이스 후작의 충성 맹세.

이는 큰 분기점이었다.

지금껏 카온과 바이스 후작은 파트너 관계 정도였다.

완벽하게 파벌을 이뤘다기보다는 능력을 보며 평가하겠다는 뜻이었다.

그랬기에 이번에 카온이 마스터에 오르고 나니 대우가 확 바뀌었다.

서신에서도 정중함이 묻어났으며, 그를 주군으로 모시고

한 번 달려 보자고 명백히 써 넣은 것이다.

이로써 3황자 파벌이 탄생했다.

그는 조언도 아끼지 않았다.

[……반군 토벌에 들어가시면 강력한 힘을 보여 주셔야 합니다. 그래야 중립 귀족들의 지지를 얻으실 수 있습니다. 랭파인 공작과는 계속해서 협의 중이나, 황태자께서 서거하시면 전하께 걸어 봄 직합니다. 이번에 내려오시면 제 영지에서 병력을 추려 2만을 지원하겠습니다.]

바이스 후작은 확실히 달라졌다.

병력 2만?

가뜩이나 중앙 정계에서 정치한다고 막대한 돈을 쓰고 있는 그였는데, 이만큼 병력을 챙겨 준다는 것은 가문의 사활을 걸었다는 뜻이었다.

마지막으로는 유프란스 연합.

연합 수장이 직접 이 오지까지 오겠다고 전했다.

상업에 중시하는 자들이었고, 그들 역시 제후였다.

풍부한 자금으로 만만치 않은 군대를 보유하고 있었으니 카온에게 충성이라도 맹세한다면 큰 힘이 될 터다.

"설레발은 치지 말자."

상업에 종사한다는 것은 필연적으로 중립을 지켜야 한다

는 뜻이다.

카온이 황제가 돼서도 마찬가지였다.

이번 대만 장사하다 치울 것이 아니라면 줄타기를 잘해야 한다.

그러나 최소한 카온의 자금줄은 되어 줄 수 있었다.

"생각보다 파급력이 큰데?"

단순한 기사가 마스터가 된 것이 아니라서 그렇다.

차기 황제의 후보가 마스터가 됐다?

제국 전체가 들썩거리는 것도 무리는 아니었다.

2월 중순.

카온은 출병을 하루 앞두고 있었다.

준비는 무리 없이 착착 이루어졌다.

야만인 군대 3천과 북방군, 영지군으로 이루어진 2만의 군대가 준비됐다.

이쯤 되자 그는 한 번 더 내·외부를 점검했다.

한 6개월 정도 오지 않더라도 문제없을 정도로 내부를 단속하고, 타마라 놈들에게는 기만책을 쓰기로 했다.

카온이야 어쩔 수 없이 토벌군 사령관으로 내려가도 여전히 체스터 경이 남아 영지를 지키고 있다고 정보를 흘렸던 것이다.

실제로는 체스터 경도 함께 내려가야 속전속결이 가능하

였으므로 최대한 놈들이 속아 주길 바라는 수밖에 없었다.

또한 그들이 엘프 왕국을 치려는 순간, 사람을 보내 엘프들을 쓸어 담을 계획까지 세웠다.

그 밖에, 영지 발전에까지 신경을 쓰다 보니 벌써 시간이 이렇게 됐다.

마지막으로는 유프란스 연합 건이다.

연합 수장인 가플란 백작은 정말로 이 먼 오지까지 찾아왔다.

배를 몇 번이나 갈아타고 말을 달려 카온이 떠나기 전에 왔으니, 그로서는 최대한 성의를 보인 셈이다.

"차기 황제 폐하를 뵈옵니다."

"2황자 놈이 시퍼렇게 눈을 뜨고 있는데, 스프부터 마시는 것 아닌가?"

"그럴 리가 있겠습니까? 전하께서 마스터의 경지에 오르셨으니, 승부는 정해진 것이나 마찬가지입니다. 중앙 귀족들이 반군 토벌만 끝나면 전하께 선을 대려 한다는 것은 세상이 다 아는 사실입니다."

가플란 백작의 아부가 별로 기쁘지는 않았다.

시기의 차이만 있을 뿐, 결국 2황자도 마스터에 오를 것이기 때문이다.

이 때문에라도 최대한 빠르게 세력을 만들어야 한다.

2황자 파벌까지는 아니어도 그 반은 돼야 자웅을 겨뤄

볼 만했다.

잠시 훈훈한 대화를 나누던 카온은 가플란 백작에게 몇 가지 제품을 보여 줬다.

"성능이 30% 향상된 포션이다. 실험해 보도록."

가플란 백작은 카온에게 인사를 온 것이었지만, 겸사겸사 제품도 확인하려 했다.

그는 상인 집안에서 쭉 살아왔고, 커서도 장사를 했기에 단숨에 가치를 알아봤다.

"치명상에 즉효겠습니다."

"가격은 두 배로 받아도 되겠나?"

"충분해 보입니다."

카온은 생활 마도구도 보여 줬다.

마법 램프와 부싯돌, 경량화 마법이 걸려 있는 기능성 상품까지.

가플란은 이 역시 긍정적으로 봤다.

"박리다매로 팔아야겠군요."

"이미 양산 중에 있다."

"과연."

가플란 백작은 카온이 허풍을 치고 있다고 여기지 않았다.

마스터가 허풍을 친다?

그가 알기로 그런 사례는 없었다.

"마지막으로."

"또 있습니까?"

"곧 엘프 왕국을 병합할 작정이다."

"……!"

"폐하로부터 북부의 독자적인 외교권을 받았으니, 전혀 문제 될 소지는 없다. 이민족 통합은 제국의 국시와도 부합되는 일. 그들이 대거 들어오면 어떻게 될까?"

"엘프제 공예품들이 대거 생산될 것으로 보입니다!"

"맞다. 이제 좀 군침이 도나?"

가플란 백작의 동공에 지진이 일어났다.

한눈에 봐도 이리저리 재며 맹렬하게 머리를 회전시키고 있는 것이다.

카온은 가만히 기다렸다.

상인 연합체인 유프란스 연합이 무엇을 해 줄 수 있을지 그가 고민할 필요는 없었다.

제안이 올 때 협상을 하면 그뿐이었다.

카온의 생각은 정확했다.

'3황자는 곧 파벌을 형성한다. 주축은 보급 사령관인 바이스 후작이 되겠지. 만에 하나 황태자 파벌까지 참여하면 게임은 끝난다.'

가플란의 머릿속으로는 복잡한 계산이 오갔다.

정말로 3황자가 대권을 차지할 수 있는 가능성이 있는가?

여기까지 오는 동안만 해도 양쪽에 발을 걸치는 것이 최선의 선택이라 생각했다.

상인이 된 이상 어느 한쪽에 올인한다는 것은 가문을 위해 좋은 결과를 낳을 수 없다.

'양쪽에 발을 걸치되, 좀 더 3황자에게 힘을 쓴다.'

그가 이런 결정을 내리게 된 배경에는 엘프 왕국을 집어삼킬 예정이라는 정보가 크게 작용했다.

"전하, 저희 유프란스 연합은 물심양면으로 도와 드릴 것이옵니다. 하나 상인된 입장에서 2황자 파벌에도 선을 대야 한다는 것을 이해해 주실 수 있습니까?"

"아주 대담한 제안이군."

"제 입으로 말하지 않아도 간파하시리라 생각했습니다."

"비밀 계약 같은 것을 하자는 뜻인가?"

"예."

카온은 꽤 불쾌한 표정을 지었지만 내심은 그렇지 않았다.

'유프란스 연합 정도의 거상들이 내 쪽에도 선을 대겠다고 나선 것만 해도 큰 이익이다. 마다할 이유가 없지.'

다들 착각하고 있는 사실이 하나 있다.

한 세대에 배출할 만한 마스터는 대륙 전체를 뒤져 봐도 손가락에 꼽을 정도였으니, 설마하니 2황자가 깨달음을 얻어 카온과 대적하게 될 거라는 사실은 알지 못했다.

카온이야 원작의 내용을 알고 있었으니, 적어도 2~3년 안에 2황자가 마스터가 된다는 정보를 확신하는 것일 뿐.

그 시간 동안 최대한 세력을 팽창해야 한다.

"정확하게 말해 보게."

"전하께서도 상단을 꾸리기로 작정하셨다면 유통망을 갖출 자금과 여러 노하우가 필요할 것입니다."

"맞다."

"저희 연합에 엘프제 상품의 30%만 판매권을 보장해 주신다면 대규모 투자를 감행해 독자적인 유통망 형성 및 노하우를 전수해 드리겠습니다."

"그뿐인가?"

"무, 물론 이런저런 편의도 봐 드릴 생각입니다. 예를 들면 수도에 상점을 열거나 여러 지점을 여는 행위 말이옵니다."

"한 가지 내용만 추가한다면 내가 살아 있을 때만큼은 이익을 보장하도록 하겠다."

"분부만 하십시오."

"정보를 가져와라."

"예?"

"상인들은 각지를 돌아다니는 만큼 상당한 정보력을 자

랑하지. 경들은 그걸 상행에 써먹었지만, 나는 국가를 운영하는데 쓰겠다."

"으음."

가플란 백작의 이마에 살짝 식은땀이 맺혔다.

'거기까지 생각했다니.'

3황자가 망나니였다는 소문이 난 자체가 난센스로 여겨질 통찰력이었다.

그만큼 발톱을 감추고 다녔다는 뜻이었으니 다른 의미로는 소름이 다 돋았다.

가플란은 카온의 위엄(?)에 굴복했다.

"그리하겠습니다."

"좋네. 하면 계약서를 작성하도록 하지."

"계약서 말이옵니까!?"

"그럼? 설마 입으로 내뱉은 말을 그대로 믿으라는 건가?"

가플란은 눈을 감았다.

계약서가 공개되는 일은 없다지만, 있는 것과 없는 것은 상당한 차이가 있었다.

반쯤 3황자 파벌에 가입하게 되는 효과를 낳는 것이다.

"전하께 베팅하겠습니다."

"하……."

털썩.

귀빈실로 안내된 가플란 백작은 소파에 주저앉았다.

맨정신으로는 있을 수가 없어 독한 위스키를 병째로 들이켜야만 했다.

"잘한 짓인지 모르겠군."

3황자와의 밀담.

물론 성과는 있었다.

엘프제 상품을 30%나 공급해 준다는 것은 막대한 이윤을 창출할 수 있다는 의미였으니까.

문제는 3황자와 너무 유착되었다는 점이었다.

계약서를 그 자리에서 작성한 것이 아니라 3황자는 미리 조약을 삽입해 두었다. 사인만 하면 되게끔 말이다.

누가 봐도 불합리한 계약이었지만, 3황자가 차기 황제가 된다면 그 정도의 손해는 모두 복원하고 남는다.

상인의 뒤에 황제가 있다?

국내 무역뿐만 아니라 해외 무역을 할 때에도 엄청난 이익을 취할 수 있는 것이다.

문제는 3황자가 패배했을 경우였는데.

"불어나고 있는 세력. 정계의 움직임도 심상치 않지. 황제조차 깜짝 놀랄 정도의 성과를 연일 거두고 있다."

3황자 파벌이 탄생한 것이다.

그래도 가플란 백작은 불안했다.

상인은 손해 볼 장사를 하지 않는다.

3황자와 맺은 계약은 거의 도박수에 가까웠다.

좀 더 그의 입지를 견고하게 만들 수 있는 방법이 있을까?

"어쩔 수 없군."

가플란 백작은 펜을 들었다.

3황자를 직접 만나 보니, 매우 똑똑하고 자신의 입지를 제대로 활용할 수 있는 면모를 보였지만, 경험의 한계가 있어 보였다.

자신의 세력에 마스터가 둘이나 있다는 것과 여러 공로를 제대로 활용해 입지를 늘려야 하는데, 약간 어설픈 구석이 드러나고 있는 것이다.

유프란스 연합이 사실상 3황자와 한 배를 타기로 약속한 이상, 그대로 있을 수는 없었다.

그는 제국 북부의 여러 귀족들에게 날릴 서신을 여러 통 작성했다.

출정 당일.

2월 중순이었지만, 지금부터 출발해야 봄이 될 즈음 황궁에 닿을 수 있었다.

수도에서는 병력을 준비 중이었고, 황제를 알현한 후 바로 반군을 토벌하기 위해 달려야 할 것이다.

갑옷을 갖추어 입으며 카온은 제롬 경과 독대했다.

"찾으셨습니까."

"내가 떠나거든 경이 영주 대행이 되어야 한다."

"제가 어찌 감히 전하의 대행이 되겠습니까?"

"표면적으로는 샤론이 대행이지만, 그 녀석은 연구와 상단 일만으로도 바쁘다."

'정치를 할 깜냥이 되지도 않고.'

카온은 누구에게 영지를 맡겨야 할지 고민했었다.

휘하에 여러 가신이나 기사들이 있었지만 정작 믿고 쓸 사람이 별로 없었다.

행정관들은 대부분 현지에서 채용된 인원이다.

결국 기사들을 써야 했는데, 체스터 경은 함께 반군 토벌에 나서야 한다.

남은 후보자는 미첼 경과 롬멜 경.

미첼은 똑똑하긴 했지만 경험이 적었기에, 롬멜 경이 적격이었다.

표면적으로는 카온의 혈육인 샤론이 영주 대리를 하면서 실권은 롬멜이 행사한다.

카온은 눈에 힘을 줬다.

"경을 믿는다."

"정 주군의 뜻이 그러시다면 샤론 전하와 상의하여 일을 처리하겠습니다."

"내가 떠나거든 중부 타마라 놈들에 대한 감시를 더욱 강화하라. 놈들이 움직이는 즉시 엘프 왕국 주변에 병력을 대기시켜 놓고 있다가 그들을 데려와야 한다."

"그렇게까지 하면 타마라 놈들이 이곳에 쳐들어오지 않겠습니까?"

"공식적으로 체스터 경은 함께 떠나지 않는다. 최대한 정보가 새도록 막아야겠지. 기사 중 하나를 체스터 경으로 위장하게 하여 가끔 모습을 보이게 하면 놈들도 경거망동하지 않을 거야. 내가 돌아올 때까지만 버티면 된다."

카온은 신신당부했다.

일이 틀어지면 연쇄적으로 계획이 무너진다.

상단을 일으키는 것도, 유프랑스 연합과의 비밀 계약도 무효로 돌아가는 수가 있었다.

또한 작가 놈이 무슨 짓을 할지 모르는 상황에서 영지를 비우는 것이었기에 불안감이 남아 있기도 했다.

"최선을 다하겠습니다."

이만하면 됐다.

카온이 할 수 있는 조치는 다했으니 반군에 신경을 써야 했다.

2만에 이르는 대군이 출병했다.

2월 중순을 넘어서면서 날씨가 꽤 풀렸다.

남쪽으로 내려갈수록 기온이 따듯해졌으므로 추위에 단련된 병사들의 체력에는 전혀 문제가 없었다.

단순히 걸어가는 것이 아니라 대형 마차를 만들어 타고 다니게 하였기에 이런 속도면 3월 초에는 수도에 들어갈 수 있을 것이다.

영지에서 그토록 걱정했던 것과 다르게 원정길은 매우 순탄했다.

변방이나 위험했지 제국 내부는 제법 안정되어 있었다.

반군이 일어나 시끄럽다고는 하나, 2만 대군이 남하하는 길을 막는 미친 집단은 없었다.

카온은 이동하는 중에 명상을 했고, 아침저녁으로는 체스터 경과 대련하며 경험을 쌓아 갔다.

체스터와의 대련을 굳이 숨기지도 않았다.

내려가는 길에는 근처 영지에서 기사단과 병력을 보내 물자를 지원했다.

말이 물자 지원이지 아침저녁에만 찾아오는 것으로 봐서는 정말로 카온과 체스터 경이 마스터가 되었는지 눈으로 확인하고자 하는 의도가 보였다.

실력을 확인한 타 영지 기사들은 경외를 표하면서 돌아갔다.

이 내용은 전서구를 타고 제국 각지로 다시 퍼져 나갔다.

영지를 떠나 진군한 지 5일이 지난 오후.
카온은 발타스 자작령을 지나고 있었다.

날이 점점 더 풀려 봄이 오고 있다는 것을 실감했다.
두두두두!
여느 때처럼 눈을 감고 명상에 잠겨 있을 무렵.
척후대가 달려와 보고했다.
"발타스 자작이 3천의 군대를 이끌고 진군 중입니다!"
"자작이 직접?"
"예!"
카온은 잠시 생각했다.

최근 들어 일을 연달아 벌인 작가 놈은 다시 큰 건을 터뜨리기가 어려웠다.

그가 토벌군 사령관으로 다시 제수된 것 역시 작가의 개입이었으므로 기껏해야 작은 사건에만 개입할 수 있다고 여겼다.

혹시 발타스 자작에게 개입한 것이 아닌가 싶었지만, 그건 너무 비약적인 생각이었다.

'작가 놈도 어설픈 방식은 통하지 않는다는 사실을 깨달았을 거야. 우리 군대는 2만이다. 상식적으로 3천의 군대로 달려와 꼬라박지는 않을 테지.'

"진군을 멈춘다. 대열을 정비하라."
"예, 전하!"

카온은 대열을 정비하면서도 본격적인 전투 대형은 갖추지 않았다.

약간 경계하는 것은 혹시나 모르는 사고를 대비하기 위함이었다.

약 30분 정도 흘렀을 때, 기병과 보병이 혼합된 군대가 빠르게 다가왔다.

소문을 들었는지 보병은 수레나 마차에 타고 있었다.

"3황자 전하를 뵙습니다!"

발타스 자작.

이웃이라 할 수는 없었지만, 제국 북부에 속해 있었으므로 명목상 그의 명령을 따라야 하는 처지이긴 했다.

정치 성향은 중립.

이런 자가 여기까지 왔다는 것은.

'파벌에 가입하기 전에 간을 보겠다는 것이군. 내가 토벌에 성공하면 충성을 맹세하겠지.'

극진하게 취하는 군례.

그가 데려온 기사들도 한쪽 무릎을 꿇었으니 그 의도가 확실하게 보였다.

"발타스 자작, 참전하기 위해 왔나?"

"물론입니다! 북방 사령관께서 반군을 토벌하러 가시니, 그 명령을 받는 입장에서 어찌 엉덩이를 붙이고 있을 수 있겠습니까?"

"제국의 충신이로군. 합류하라."

"감사합니다!"

카온은 중립 귀족의 가입을 막지 않았다.

파벌이 형성되었으니 회원 유치는 당연한 일이다.

3황자 파벌의 관리는 수장인 바이스 후작이 맡아서 처리할 것이다.

꽤 행운이라고 여기며 남하하는데, 자꾸만 숫자가 불어났다.

처음 2만으로 출발한 카온의 병력은 수도에 당도할 때가 되자 5만까지 늘어났다.

마이어스 제국의 수도 브란시아.

천 년 전, 초대 황제가 이곳을 수도로 정한 이후 한 번도 천도된 적이 없었다.

그동안 오랜 시간 발전을 해 왔고, 지금에 이르러서는 인구 100만이 넘어가는 대도시로 발전했다.

수도 부근에는 4개의 위성 도시가 있었으니, 황가의 힘은 여기서 나온다고 해도 과언이 아니었다.

'언젠가는.'

카온은 수도가 내려다보이는 언덕에서 다시 한번 결심을 다졌다.

생각 같아서는 어디 시골이라도 내려가 황가의 재산이나 탕진하며 살고 싶었지만, 그랬다가는 2황자에게 목이 잘릴 팔자였다.

황위에 오르는 것이 목숨을 보존할 수 있는 유일한 길이었으니, 어쩔 수 없이 정계에 몸을 담아야 한다.

한창 그가 감상에 잠겨 있을 때, 바이스 후작이 가병을 몰고 왔다.

수도의 특성상, 데려올 수 있는 가병은 100명으로 제한되어 있었으니 지금까지 내려오며 제후들이 보낸 군대에 비하면 한 줌에 지나지 않았다.

"3황자 전하를 뵙습니다."

"바이스 후작, 너무 예가 지나친 것이 아닌가 싶습니다. 조손 관계인데요."

"군신 관계는 명확해야 하지 않겠습니까?"

그러면서 한쪽 무릎을 굽히는 바이스 후작이었다.

호위를 위해 쫓아온 기사들이나 병사들도 무릎을 굽히는 걸 보니 새삼 파벌이 탄생했음을 실감했다.

'아직 바이스 후작을 제외하면 손에 넣은 제후가 없긴 하지.'

북방에서 합류한 제후들이 있었지만 간을 보는 것이 느껴졌다.

유프란스 연합도 비밀리에 계약을 맺었으나 카온에게 올인한다는 의미는 아니었다.

그럼에도 시작치고는 괜찮다.

카온에게는 가능성이 있었으니까.

"후작님, 현재 정계는 어떻습니까?"

"가면서 말씀드리겠습니다. 폐하께서 오매불망 전하를 기다리고 계시니 말입니다."

망나니로 소문났던 3황자가 마스터에 오르는 것은 물론이고, 휘하 기사까지 힘을 되찾으니 기대감이 높아지고 있었다.

황제가 목이 빠지게 기다리고 있다니, 여기서 뭉개는 것은 다른 사람 보기에도 좋지 않았다.

카온은 바이스 후작이 가져온 화려한 마차에 올라탔다.

지구의 자동차와 비교하면 승차감이 형편없었지만, 관도가 잘 닦여 있어 말을 타고 가는 것보다는 훨씬 나았다.

이제야 바이스 후작이 입을 열었다.

"현재 중앙 정계에는 돌풍이 불고 있습니다. 전하께서 위대한 업적을 달성했기 때문이지요. 폐하께서는 회의마다 대놓고 전하에 대한 칭찬을 하시니, 2황자 세력들은 매우 위축된 형국입니다. 황태자 파벌과는 좋은 관계를 유지하고 있으며, 중립 귀족들 역시 진지하게 간을 보는 중입니다."

"제가 데려온 제후들처럼 말이군요."

"예, 그만큼 반군 토벌이 중요하다 하겠습니다. 최대한 빠르게 토벌할 수 있다면 급격하게 세력을 불릴 수 있을 것으로 보입니다."

모든 것이 순조로웠다.

바이스 후작은 중앙군 3만이 토벌군에 참전할 것이라고 말했다. 후작의 영지군 2만도 참전할 것이며, 보급대 역시 1만을 데려간다.

타국을 침공하는 것이라면 보급대가 더 많아야겠지만, 반군 토벌의 명목이라 길목의 여러 제후들이 물자를 지원하기로 했다.

출발하는 병력만 11만이었으며, 현지에 4만이 남아 있다고 했다.

총 15만 대군.

실로 어마어마한 규모였다.

"적의 숫자는 어떻습니까?"

"15만 이상일 것으로 보입니다. 더 세를 불리기 전에 격파해야 합니다."

제국이라 감당할 수 있는 숫자다.

총원 30만이 부딪치는 전투.

제국 중남부에서 반군이 일어났고 남부로 점차 확산되고 있었는데, 진짜 내전이 터지면 100만 대군이 부딪칠 수도 있었다.

거기까지 가면 제국은 결딴난다.

"폐하께서 서거하시기 전 교통정리를 하는 것이 관건이겠습니다."

"다들 쉬쉬하지만 그런 소리를 하고 있지요."

황태자가 일어나기는 글렀다.

카온에게 유리하게 상황이 전개되고 있었는데, 그것도 확실치 않다.

작가 놈이 급발진을 해 버리면 언제든 뒤집힐 수 있었기 때문이다.

"출병일은 언제입니까?"

"이틀 후로 잡혔습니다."

"빠르기도 합니다."

"그만큼 상황이 좋지 않다는 반증이지요. 하루를 자고 일어나면 밀렸다는 소식만 전해집니다. 이대로 가다가는 수도까지 위험해집니다. 전하께서 정리해 주셔야 합니다."

"그건 걱정 마시죠."

총 30만이 부딪치는데 피해가 없을 수는 없다.

최소한 양측의 피해가 10만은 날 것이다.

그만큼 제국의 국력이 깎여 나가는 것이었으니, 외부에서 침공을 받지 않으려면 올해 안에는 반군을 진압해야 한다.

꼭 2황자와의 경쟁이 아니라도 말이다.

황궁 어전에 문무백관들이 모두 모여 있었다.

문이 열리고 카온이 들어오자 제신들의 표정이 제각각으

로 변했다.

2황자 파벌은 소태를 정통으로 씹은 표정이었으며, 황태자 파벌은 깊은 고심에 잠겨 있었다.

중립 귀족들은 기대감이 어리고 있었으니 벌써부터 파란이 예고된 듯싶었다.

"제국의 새로운 마스터, 3황자 전하께서 드십니다!"

카온이 걸어오자 분위기는 절정에 달했다.

이미 알고 있지만, 새로운 마스터라는 대목에서 전율이 이는 것이다.

쿵!

카온은 어전으로 올라가는 계단 아래에서 한쪽 무릎을 꿇었다.

"폐하의 명을 받아 토벌군을 끌고 도착했습니다!"

"어서 오라, 내 아들아!"

"……!"

황제가 옥좌에서 내려오기 시작했다.

또 제각기 반응하는 귀족들.

황제는 대놓고 카온에게 기대감을 드러내고 있었다.

그를 일으켜 세운 후에 안아 주기까지 했다.

'정치적 행보인가?'

아버지가 아들과 포옹하는 것이 뭔 대수냐 싶지만 여기는 황궁이었다.

황제의 행동에는 정치적인 의미를 포함하고 있는 것이 당연했다.

"고생했다."

"운이 좋았습니다."

"운도 실력이라는 말이 있지. 네가 이렇게까지 성장할지는 몰랐다. 이러면서도 망나니 행세를 하고 있었으니 얼마나 답답했느냐?"

"소자는 진심으로 사람들이 망나니로 기억해 주기를 바랐습니다. 그래야 제국이 안정되지 않습니까?"

"허허허허!"

웅성웅성.

카온은 눈 하나 깜빡하지 않고 연기했다.

지금까지 돌고 있던 모든 소문을 일축하는 한마디였다.

이미지 세탁이었으며, 지구의 현대 사회에서는 시도 때도 없이 일어나는 일이었다.

그 세련된(?) 정치 기법이 중세에 통하지 않을 리 없었다.

황제는 카온의 등을 토닥였다.

"앞으로는 날개를 펼쳐 보거라."

"반드시 그래 보이겠습니다."

황제의 반응만 봐도 카온이 2황자의 강력한 경쟁자이자 대권 주자라는 사실이 증명된 것이었다.

카온이 내전에서 승리하기만 해도 3황자 파벌이 거대해지는 것은 기정사실이었다.

꽤 흥분되는 일이었지만, 최대한 차분하게 마음을 다스렸다.

이제 카온에게서 풍기는 분위기는 예전과 많이 달랐다.

다른 사람이 되었다고 봐도 무방한 것이다.

황제는 다시 옥좌에 앉았고 보고를 기다렸다.

우선 북방에 대한 것이었다.

"북방 상황을 말씀드리겠습니다. 다들 야인들이 크게 3개의 세력으로 나뉘었다는 사실은 알고 계실 겁니다."

귀족들은 고개를 끄덕였다.

정치 문제를 떠나 제국의 적을 처리하는 문제는 함께 힘을 모아야 한다.

내전은 내전이고, 외적은 외적이었으니까.

"그중 남부 타마라족은 제가 흡수했습니다. 목을 날릴 놈은 날리고 기용할 놈들은 기용했지요. 무식하기 그지없는 놈들이지만 무력 하나는 쓸 만하여 백성으로 삼았습니다."

"다 죽일 것이 아니라면 그렇게라도 쓰는 것이 낫지. 놈들이 아무리 날뛰어 봐야 제국에는 상대가 되지 않는다."

황제가 긍정했다.

황권이 바닥에 처박히고 있으나 군권이 황실에 있는 이

상, 면전에서 거부할 수 있는 귀족은 없었다.

카온의 말이 사리에 맞기도 했고.

"제 영지에는 체스터 경이 지키는 것처럼 적을 속여 안전장치를 마련했습니다. 마스터가 지키는 영지를 치기에는 적들도 부담스러울 것이니 말입니다."

다시 어전이 흔들렸다.

카온만 해도 문제였지만, 체스터 경까지 경지를 찾았으니 새삼 3황자 세력이 비상할 준비를 하고 있음을 깨달았던 것이다.

그러거나 말거나 카온은 말을 이어 갔다.

"저희는 엘프족을 흡수하려 계획하고 있습니다. 방비를 철저하게 하는 한편으로 놈들을 위협해 엘프 왕국으로 움직이도록 만들었습니다. 타마라 놈들이 엘프족을 치는 즉시 저희 쪽으로 피신시킬 것이니, 북부의 공업력이 탄력을 받을 것으로 보입니다. 그들을 모두 흡수한다면 제국 중앙군에 엘프제 무기를 납품할 수 있을 것이니 반드시 성사되어야 하는 일입니다."

"엘프제 무기!"

"정말 대단하군."

카온은 지금까지 이룬 성과와 비전까지 제시하고 있었다.

넌지시 중앙군에 군수품을 납품하겠다는 메시지까지.

이쯤 되니 누구도 3황자가 망나니라는 사실을 믿지 않았다.

완벽한 연극이었다.

귀족들은 소름이 다 돋을 지경이었다.

'무력부터 계책에 이르기까지. 최초에 반군을 토벌한 것이 우연이 아니었음을 보여 주는 증거다. 그에 비해 2황자는 반군에게 패배하며 계속 밀리고 있다. 능력 부족 아닌가?'

중립 귀족들은 위와 같이 생각했다.

'이렇게 계속 가다간 사달이 나겠다. 우리가 살아남기 위해서는 큰 한 방이 필요하다.'

2황자 파벌은 큰 위협을 느꼈다.

카온이 엘프들까지 흡수하면 도대체 얼마나 발전할지 가늠이 되지 않았기 때문이다.

황제는 크게 웃었다.

"하하하하! 보거라. 황실의 핏줄이 이렇다. 2황자와 3황자는 앞으로도 선의의 경쟁을 해야 할 것이다. 내가 죽기 전에는 반드시 차기 황제를 지정할 것이다. 정 안 되면 유언이라도 남길 것이니 아국이 내전에 휩싸이는 일은 없어야 한다."

"황명을 받드옵니다!"

귀족들이 이구동성으로 외쳤다.

황제는 자신의 병세를 굳이 숨기지 않았다.

황제의 위신?

그보다는 실리적이라 해야 할 것이다.

자신의 수명이 얼마 남지 않았으니, 더욱 황자들이 능력을 발휘하라는 의미였다.

황태자가 죽기 직전이라는 사실까지 널리 퍼졌으니, 황제에게는 선택의 여지가 없기도 했다.

"3황자는 들어라."

"하명하십시오!"

"출병은 모레다. 미안한 일이지만 하루 속히 네가 가서 제국에 난 불을 진화해 주어야겠다. 이대로라면 국력을 깎이고 외적들이 아국을 과소평가할 수 있음이다."

"늦어도 6개월 안에는 정리하겠습니다."

"짐이 말년에 아주 든든하다."

카온은 주변을 한 번 둘러봤다.

그러다 2황자 딸랑이이자 제국군 부사령관 갈레스 후작과 눈이 마주쳤다.

그는 몸을 부르르 떨고 있었다.

카온은 슬며시 미소를 지어 주었다.

갈레스 후작의 몸이 더욱 떨렸다.

다른 인간은 몰라도 놈의 목은 반드시 친다.

황권이 바뀌면 곧바로 숙청당할 운명인 놈이었다.

그 목은 체스터 경이 인간 백정이 되어 가져올 것이니, 심적으로 어마어마한 압박을 느끼고 있을 것이다.

그때였다.

두근!

'컥!'

카온은 무릎을 꿇고 있던 그대로 몸을 살짝 떨었다.

모든 것이 순조롭게 돌아가고 있다고 여기고 있는 순간, 심장이 두근거리며 알지도 못하는 지식들이 머리에 주입되기 시작했던 것이다.

작가 놈이 드디어 개입했다.

별궁에서 성대한 연회가 열렸다.

이미 황제는 반군이 진압된 것처럼 굴었고, 이러한 분위기는 제신들에게도 전염됐다.

2황자 파벌 역시 카온을 위협이라 여기긴 했으나 무리 없이 반군이 진압되리라 보는 편이었다.

총 15만 병력에 마스터가 둘이나 되었으니 피해는 있을지 몰라도 격파하긴 할 터였다.

그러나 연회 내내 카온은 불안했다.

'이 새끼가 수를 쓰는군.'

지금껏 작가는 카온에게 검술 관련 반대급부만 제공했다.

기초 검술부터 시작하여 중급, 고급으로 넘어가며 노쇠한 기사가 놀랄 정도의 경험까지 제공한 것이다.

카온이 깨달음을 얻어 마스터가 되었으니, 여기서 검술을 더 키워 줬다가는 무슨 일이 발생할지 모른다고 여긴 것 같았다.

'혹시 랜덤으로 능력이 주어지는 건가?'

생각하면 할수록 인과율의 법칙이 무엇인지 알 수 없어졌다.

카온에게 주입된 지식은 신성 마법이었다.

약간의 신성력과 함께 신성 마법이 각인되었으니, 성기사 비슷한 능력을 갖췄다고 봐도 무방했다.

이쯤 되니 카온은 신의 존재를 더욱 부정하고 싶어졌다.

작가를 신의 위치에 놓고 보면 결코 전지전능하다 말할 수 없었기 때문이다.

게다가 그는 무교였다.

종교를 극혐하는 것은 아니었지만, 종교의 자유를 강제하는 자들을 기피해 왔다.

그런 무신론자에게 신성력과 신성 마법이 주어졌다는 자체가 수상하게 느껴졌다.

'있으면 좋지만, 없어도 그만인 하급 신성 마법을 주입하고 이변을 일으킨다. 아주 무뇌충은 아니군.'

달리 생각하면 위험한 일이다.

작가가 카온을 무시해 왔다는 반증이기 때문이었다.

놈이 경각심을 갖게 되면?

카온은 자신도 모르게 한숨을 내쉬었다.

"하······."

"무슨 한숨을 그리 깊게 쉬느냐?"

"아닙니다. 제 길이 아니었음에도 걷게 되었으니, 황망하여 무례를 범했습니다."

"허허허! 네 충심을 모르는 바는 아니다. 이쯤이면 모두 깨달았겠지. 황권에서 멀어지기 위한 네 노력은 끝까지 빛날 것이니, 오히려 무기로 삼아야 한다."

카온은 결국 과거의 행동이 망나니 코스프레였다는 것으로 위기를 넘겨야 했다.

제국 최고의 무희들이 공연을 끝내자 황제가 자리에서 일어났다.

"······."

그 순간 주변이 조용해진다.

"이와 같이 기쁜 날에 3황자가 흥을 돋아야 하지 않겠느냐?"

"무슨 일이든 하명하십시오."

"체스터 경과 함께 검무를 추는 것이 어떻겠느냐? 우리야 소문만 무성하게 들었지 실체를 확인한 것은 아니니."

황제가 판을 깔아 주었다.

지금껏 카온이 온갖 소문을 내며 왔어도 끝내 마스터 '들'의 출현을 부정하는 자들이 있었다.

특히 2황자 파벌이 그랬다.

저놈들은 카온이 자빠지기만을 바란다.

"폐하께 재롱을 부릴 수 있다면 그보다 더한 것도 할 수 있습니다."

"허허! 내가 말년에 진귀한 광경을 보겠구나."

철혈 황제로 불리던 카온의 아버지가 다소 감정적인 발언을 쏟아 냈다.

몸이 쇠약해지니 마음도 약해지는 것이다.

모두 그걸 느끼고 있었다.

카온과 체스터 경은 연회장 중앙에 자리했다.

대련도 아니고 합동 검무였으니 예식용 검을 쥐었다.

두둥!

북이 울리자 카온과 체스터는 아슬아슬하게 움직였다.

지금껏 하루도 빠짐없이 체스터에게 가르침을 받으며 대련도 했으므로 검을 부딪치지 않고 움직이는 정도는 어렵지 않았다.

빠르게 강맹하며 때로는 부드러웠다.

검을 조금이라도 아는 자들은 감탄을 마지않았다.

"3황자께서 저런 검술을 선보이시다니."

"놀라울 따름이다."

끝이 아니다.

카온과 체스터는 더욱 빠르게 움직이기 시작하더니 마침내 화려한 검강을 뿜어내며 사람들의 눈을 현혹했다.

2황자 파벌은 절망했다.

"저토록 선명한 마스터의 상징이라니."

"체스터 경이 마나 홀을 복원하였다더니, 진실이었구나."

그들은 다시 한번 몸을 떨었다.

체스터의 가문을 멸문시키고 그의 가족들을 죄다 죽였으니, 그 분노가 자신들에게 겨누어질 것이 자명했기 때문이다.

마침내 검무가 끝났을 때, 박수갈채가 쏟아졌다.

2황자 파벌은 식은땀까지 흘리며 어쩔 수 없이 박수를 쳤다.

시연이 끝나자 황제가 체스터에게 물었다.

"체스터 경의 신분도 복원됐으니 영지를 되찾아야 하지 않겠나?"

"신은 3황자 전하와 한 배를 탄 사이입니다. 전하께서 제 마나 홀을 복원해 주셨으니 북방에서 봉신이 됨이 가하다고 사료되옵니다. 부디 북부를 개척해 제국의 방패가 되는 것을 허해 주시옵소서."

"과연 충신이로다!"

황제는 연신 고개를 끄덕였다.

일단 귀족들은 가슴을 쓸어내렸다.

그가 기존 영지를 가져가겠다고 했으면 어쩌나 식겁했던 것이다.

이런 분위기를 체스터도 느끼고 있었다.

'딱 여기까지다. 새 영지를 개척한다고 하면 이민족을 규합한 도시를 만들 수 있다.'

사전에 카온과 상의된 내용이었다.

체스터가 페인이면 몰라도 마스터가 된 이상, 보상을 해줘야 한다.

잘하면 백작 급까지 올라갈 수 있었으나, 굳이 욕심은 부리지 말자고 협의했다.

중앙 정계의 공격을 받으면 골치가 아팠으니까.

대신, 북부를 개척해 영지를 만든다.

이게 아무것도 아닌 일 같지만, 쓰기에 따라 카온의 세력이 팽창할 수 있는 기회가 된다.

"경의 뜻대로 하라."

"황은이 망극하옵니다!"

쿵!

체스터는 그대로 무릎을 꿇고 머리를 박았다.

카온도 함께 무릎을 꿇었다.

그리고 생각했다.

'이렇게 되면 체스터 경에도 잘된 일이고, 내게도 우수리가 떨어진다. 최대한 영토를 확장해야겠지.'

속으로 다들 복잡한 계산에 들어갔지만, 겉으로는 훈훈한 분위기가 이어지고 있었다.

그러나 그 분위기는 곧 난도질됐다.

"폐하! 급보입니다!"

"급보?"

순식간에 분위기가 얼어붙었다.

지금 상황에 급보라고 할 것이 뭐가 있을까?

2황자가 대패했다는 소식이 유력했다.

얼굴을 굳힌 황제가 물었다.

"보고하라."

"남부 사령관 칼라인 백작이 움직였습니다!"

"뭣이!?"

황제는 충격을 받아 살짝 휘청거렸다.

놀란 것은 이곳에 모인 모두가 마찬가지였다.

카온을 견제할 생각만 하고 있던 2황자 파벌도 이건 좀 아니라고 생각했다.

제국의 마스터 중 일인이자 남부에서 굳건히 사막 왕국을 경계하고 있던 사령관이 움직였다?

곧 내전의 신호탄일 수도 있는 동시에 외적까지 침입할 수 있는 최악의 전개를 야기할 수 있는 것이다.

'이거였군!'

작가의 개입.

굳건하게 나라를 지켜야 할 사령관이 갑자기 미쳐 날뛰니, 작가 놈이 농간을 부린 것이 확실했다.

다음 날 아침.
카온은 일찍부터 일어나 출병을 준비했다.
어젯밤의 화려했던 연회는 칼라인 백작이 개입했다는 소식과 함께 흐지부지됐다.
즐거운 분위기를 낼 기분이 아니었던 것이다.
사실, 전쟁 통에 카온과 체스터 경이 마스터에 올랐다는 명분만 아니었다면 연회가 열릴 일도 없었다.
즉시 연회장은 회의장으로 변모했다.
결론은 카온이 오늘 출병하는 것.
지난번에 보여 주었던 번개 같은 전략으로 다시 한번 반군을 격파해 주길 바랐다.
"쉽지는 않지."
카온은 갑옷을 입으며 한숨을 내쉬었다.
저번에는 적이 대부분 징집병이라 손쉽게 요리할 수 있었던 것뿐이다.
이번에는 적이 15만 대군임에야 그리 쉽게 처리될 수 없는 것이 당연했다.
똑똑.
갑옷을 거의 갖추어 입었을 때, 미첼 경이 들어왔다.

"주군, 오전 10시 정도가 되면 준비가 끝날 것으로 보입니다."

"알겠다."

사실 총사령관으로 제수된 카온이 벌써부터 일어나 부산을 떨 필요는 없었다.

수도에서 11만 대군이 일어나 식사를 하고 모이기까지 반나절 이상 걸렸기 때문이다.

그는 출발 전에 황태자궁을 방문하고자 하였다.

황제로부터 예검을 받아야 하기도 했다.

"경은 나가서 준비에 박차를 가해라. 최대한 빨리 이동해야 하니 철저한 준비만이 답이다."

"예, 주군."

카온이 지정한 공식 부관은 미첼 경이었다.

그의 명령을 전파하는 역할을 맡았기에 상당한 권력이 쥐어졌다고 볼 수 있었다.

그러나 미첼 경은 딱히 기뻐하지 않았다.

권한이 커지는 만큼 책임질 일도 많아진다.

원정에 성공하면 공로를 인정받아 카온 휘하 2기사 단장이 될 수도 있지만, 잘못했다간 목이 잘릴 수도 있었기 때문이다.

어쨌든, 돌이킬 수 없는 일이었으니 미첼 경은 밖으로 나가 동분서주했다.

그동안 카온은 황태자궁을 찾았다.

"오셨습니까, 전하."

"형님의 상태는 어떤가?"

"여전하십니다."

랭파인 공작은 매일 황태자궁에 들르는 것이 일과였다.

아침에 직접 황태자의 상태를 확인하는 것이다.

그가 희망을 놓지 않았음을 의미했다.

"잠깐 들어가도 되겠나."

"물론입니다."

어차피 황태자는 죽어 간다.

이 상황에 카온의 방문을 딱히 막을 이유가 없는 것이다.

화려한 침대 위에는 뼈만 앙상하게 남은 황태자가 위태롭게 숨을 몰아쉬고 있었다.

누가 봐도 위독했다.

"형님!"

카온은 황태자의 손을 잡고 오열(?)했다.

거창하게 형제애가 있어서가 아니라 다 정치적인 행보였다.

원판 녀석은 황태자를 잘 따랐으니, 지금의 상황은 전혀 이상해 보이지 않았다.

카온은 나오지도 않는 눈물을 억지로 쥐어짰다.

"형님께서 이러시면 대체 저는 어떻게 하라는 말입니까? 형님이 일어나 중심을 잡아 주셔야 제가 한량처럼 놀지 않겠습니까?"

이건 진심이었다. 2황자 놈만 아니면 당장 다 때려치우고 싶은 마음도 있었다.

그러나 도저히 황태자는 가망이 없어 보였다.

덜컥 황제가 급사하기라도 하면 대규모 내전이 일어나도 전혀 이상하지 않은 상황이었다.

카온의 작업은 정에 호소해 조금이라도 황태자 파벌의 호감을 사는 것.

능력까지 선보이게 되면 그들의 마음도 기울어질 터다.

그것을 위한 사전 작업이었다.

카온이 진심(?)을 보이자 랭파인 공작과 여러 귀족들은 숙연해졌다.

"제가 신성력을 각성한 것은 아무래도 형님의 보우가 아닌가 합니다."

"……!"

가만히 감정을 삼키고 있던 귀족들은 깜짝 놀랐다.

'신성력?'

'전하께서 성기사가 되셨다는 뜻인가!?'

기왕 얻은 신성력은 알차게 써야 한다.

카온은 종교를 중요하게 생각하지 않았지만, 이 시대 사람들은 달랐다. 믿음이 깊은 사제나 성기사들에게서나 발현되는 힘이라고 여겼다.

카온은 기초 신성 마법까지 각인되어 있었으므로 바로 힐링을 시전했다.

스스슷!

"오오오!"

성스러운 빛이 자그맣게 어리자 황태자 파벌들은 놀라움을 금치 못했다.

이렇게 하면 좀 더 카온의 말에 신뢰가 생긴다.

신에 대한 믿음 없이는 신성력을 발현할 수 없다고 알려져 있었으니까.

몇 번 정도 힐링을 사용하자 신성력이 고갈됐다.

'보잘것없는 힘이지만 이게 세상에 알려지면 교단도 나를 지지하게 되겠지.'

사제와 성기사를 공급받을 수 있는 교단의 지지는 굉장한 이점이었다. 실제 내전에 참전하지 않아도 2황자만 지지하지 않는다면 효과는 충분한 것이다.

카온이 눈물을 닦으며 랭파인에게 말했다.

"어떻게든 살려 내야 한다! 형님께서 쾌차하면 모든 것을 내려놓고 조용히 지내려 한다. 그것이 내 본심이기도 하다."

"말씀만으로도 감사합니다."

밖으로 나서는 카온의 입가에 살짝 미소가 걸렸다.

작가 놈은 어떻게든 꼼수를 부려 신성력으로 반대급부를 대체한 모양이지만, 생각보다 정치적인 파급력이 클 것이다.

3월 초.

수도에서 출발한 대군은 빠른 속도로 남하했다.

황제는 카온을 믿는다며 모든 권한을 위임했지만, 정작 본인은 마음이 편치 않았다.

반군만이라면 피해가 커도 충분히 토벌할 수 있다.

문제는 남부 사령관의 참전이었다.

오랜 시간 변경을 지켜온 제국의 방패이자 30년 이상 검을 수련한 괴물이었다.

그런 인간이 참전한다니, 매우 어려운 싸움을 직감했다.

'남부에서 5만을 끌고 온다니.'

마스터의 상징성도 문제였지만, 적에게 5만 대군이 더해지면 적의 숫자가 물경 20만이었다.

무대가 제국이 아니었다면 국가 총력전 수준이라고 봐도 무방했다.

　'이거……. 방법이 있긴 한가?'

　생각할수록 열이 받았다.

　자연스러운 흐름을 작가가 방해했다.

　차라리 검술을 강화하는 반대급부라면 모르겠지만, 신성력 하나를 툭 던져 주고 그만한 일을 벌였으니 카온의 손해가 아닌가 싶었다.

　"하, 씨발 새끼."

　"……."

　다행히 카온의 목소리는 주변의 소란에 묻혔다.

　그날 밤.

　카온은 자바른 평야에 야영지를 펼치고 회의에 들어갔다.

　수도에서 출발한 후 매일 기사들을 소집해 의견을 나누었지만, 그들도 딱히 좋은 전략을 내지 못했다.

　궁정 귀족들도 군략으로는 머리가 돌아가지 않긴 마찬가지였다.

　랭파인 공작은 군을 편성할 때, 고위 귀족을 넣지 않았다.

　지금은 정치적인 상황을 고려하기보단 빠르게 반군을 격

파하는 것이 중요하다고 여겼기 때문이다.

황자가 총사령관으로 내려간다고 해도 힘 있는 고위 귀족이 끼게 되면 의견이 나뉜다.

랭파인 공작은 그 사실을 잘 알았기에 주로 황실 기사로 지휘관 편제를 했다.

궁정 귀족들이 끼어 있는 것은 보조적인 업무를 담당하게 하기 위함이었지, 카온의 전략에 태클을 거는 역할이 아니었다.

그러니 회의는 지지부진했다.

"전하께서는 신묘한 전략이 있으시니, 분명히 격파하실 수 있을 것입니다!"

"맞습니다! 현지에서 지형을 보고 판단하신다고 하지 않았습니까?"

기사들은 강력하게 카온을 지지하고 있었다.

그들은 황제 직속이었으며, 지난 전쟁에서 카온이 얼마나 대단한(?) 전략으로 적을 무너뜨렸는지 알고 있었다.

그러니 걱정 따위는 하지 않았다.

적이 20만이다?

지난 전투에서 카온은 2천의 병력으로 적 대군을 격파했다.

고작(?) 5만 따위의 병력 차이는 극복하리라 봤던 것이다.

'말이 통하지 않는다.'

정공법만 들먹이는 자들.

아무리 카온의 통제력 때문이라고는 하나, 제대로 된 참모가 없다는 것이 아쉬울 따름이었다.

차라리 적을 분열시키자는 체스터 경의 의견이 타당해 보이기까지 했다.

오늘 회의에서도 간단하게 보고를 받는 수준으로 그쳤다.

카온에게 내려앉은 압박감은 점점 더 커져만 갔다.

자정이 다 되어 가는 시각.

카온은 갑갑한 마음에 병영을 시찰했다.

"충! 근무 중 이상 없습니다!"

"고생한다."

카온은 이리저리 다니며 병사들의 기강을 확인했는데, 전혀 흐트러짐이 없었다.

원래 중앙군 자체가 정예였고, 랭파인 공작이 그중에서도 특별하게 신경을 써 준 기색이 역력했다.

북방에서부터 쫓아온 귀족들이나 병사들의 사기도 나쁘지 않았다.

진영에 마스터가 둘씩이나 되었으니, 벌써부터 사기가 떨어지면 오히려 그게 이상한 일이다.

전장에 도착하자마자 싸워야 했기에 너무 과도하게 행군을 밀어붙이지 않아 병사들의 체력에도 여유가 있었다.

시찰을 마친 카온은 위스키를 한 모금 머금었다.

"경도 한잔하겠나?"

"좋죠."

미첼 경은 얼씨구나 싶어 잔을 받았다.

전쟁 중에 술은 특별한 상황에서만 허용된다.

아직 전투가 시작되기 전에 술을 마시는 것은 군기 위반이었지만, 카온을 누가 처벌할 것인가?

짱짱한 귀족이라도 있으면 지랄할 수도 있겠지만, 황제와 랭파인 공작이 그들의 개입을 완전히 차단해 버렸다.

기왕 주어진 권력이니, 소소하게 누리는 것뿐이었다.

"미첼 경, 솔직히 돌파구가 보이지 않는다."

"왜 그리 나약한 소리를 하십니까?"

"적은 20만. 놈들의 무대다."

"고향이라는 뜻이군요."

"동방에서는 동네 똥개도 자기 집에서는 반쯤 먹고 들어간다는 말이 있다. 원정군인 우리의 입장에서는 어렵지. 남부군까지 참전한 마당에야……."

"……."

미첼 경은 단숨에 술을 비웠다.

그도 알고 있었다.

반군만 치는 것이었다면 피해가 커도 토벌이 가능했겠지만, 남부군이 참전한 이상 여러 연쇄작용이 벌어질 거라는 사실을.

"지구전을 펼치는 것이라면 여러 전략을 고려해 볼 수도 있다. 문제는 국경이지. 속전속결로 처리하지 않으면 남부가 뚫린다. 그 호전적인 사막 왕국에서 휑한 국경을 두고 보겠나?"

"최소한 남부 지역은 초토화될 겁니다."

"맞다."

생각보다 상황은 심각했다.

"그럼에도 승리한다면 보상이 클 겁니다. 위기는 곧 기회라고 하죠. 멋지게 역전시켜 거하게 영토를 뜯어낼 수도 있지 않을까요?"

"위기가 기회이다?"

"보상이 크니까요?"

"오오!"

카온이 자리에서 벌떡 일어났다.

그는 미첼의 말에서 힌트를 얻었다.

"발상을 전환하면 되는 것이었어. 우리가 처음 반군을 토벌할 때처럼 말이다."

"예?"

"이미 발생한 반군은 어쩔 수 없는 일이지. 하지만 남부 사령관은 아니잖아?"

"설마……. 아니죠?"

미첼 경은 슬슬 불안한 표정을 지었다.

다음 날 아침.

병사들이 식사를 하고 있을 때, 카온은 간단하게 회의를 한다며 지휘관들을 모두 불러왔다.

그리고 폭탄 발언을 했다.

"내가 직접 남부 사령관을 전향시켜 데려가겠다."

"예!?"

"전하! 그게 무슨 말씀입니까!?"

깜짝 놀란 것은 카온의 측근들도 마찬가지였다.

남부 사령관을 전향시킨다?

도대체 그런 발상이 어떻게 나왔는지 이해가 되지 않았다.

체스터 경도 이건 좀 아니라고 봤다.

"전하, 전향이라니요? 남부 사령관이 움직였다는 것은 반군에 가담하기 위함입니다. 칼라인 백작은 원래부터 반군 수괴인 가르칼 백작과 친분이 있는 사이였습니다. 전향이 가능하겠습니까?"

"정확하게 말하면 아직 칼라인 백작은 반군에 가담한 것이 아니다. 그저 움직이고 있을 뿐이지."

"놈의 의도는 명확합니다."
"그 의도를 비틀어 주면 되는 것 아닌가?"
"허어."
카온은 확신할 수 있었다.
원작에서 칼라인 백작은 외부의 인식과 다르게 부화뇌동하는 사람이 아니었다.
제국 내부의 일은 어떻게든 수습이 가능하지만, 국경이 뚫리면 그야말로 재앙이 일어날 수 있었으므로 굳건하게 국경을 지키는 인물이었다.
급작스럽게 움직인 것은 작가의 개입이 있었기 때문이다.
'만약 작가가 반군에 합류하라는 명령을 내렸다면 어쩔 수가 없지만, 북쪽으로 진군하라는 메시지만 받았다면 전향시킬 수 있다.'
"전향이 안 되면 죽이고 오겠다. 그것만이 살길이다."
"그러려면 일대일 대결을 벌여야 할 텐데, 놈이 응하겠습니까?"
"낭만 기사가 일대일 대결을 거부해? 말도 안 된다."
카온의 말은 설득력이 있었다.
몇 가지 전제 조건만 갖추어진다면 불가능한 일은 아니다.
그럼에도 실패할 가능성이 농후한 전략이긴 했다.

체스터 경이 말했다.

"전하께서는 마스터의 경지에 오른 지 얼마 되지 않으셨기에 같은 마스터를 상대하기가 버겁습니다."

"내가 알아서 한다. 임시로 경에게 지휘권을 줄 테니, 병력을 안전하게 이끌어라. 반대하는 사람 있나?"

"……."

있을 리 없었다.

궁정 귀족이라고 해도 마스터이자 제후인 체스터 경에 반발할 수는 없다.

더욱이 지금은 전시였기에, 모든 기사가 마스터의 편이었다.

"반군과 부딪치게 되면 무조건 회전이겠지. 속도를 조절하되, 빠르게 남하해 적을 막아라. 그 사이에 합류하겠다."

"명에 따릅니다!"

이 안건이 어전에서 논의되었다면 카온은 분명 집중 포화를 받았을 것이다.

그러나 이곳은 전장.

황제가 전권을 내린 이상, 카온의 명령이 곧 황명이 된다.

남하를 준비를 하고 있는 카온에게 체스터 경이 찾아왔다.

그의 표정은 꽤나 복잡했다.

"전하, 제게 지휘권을 맡겨도 문제없겠습니까?"

"문제 있나."

"제가 토벌군 전체를 이끈다는 것이……."

"2황자 놈이 걱정되나?"

"그럴 리가 있겠습니까?"

"농담이다."

물론 2황자도 문제이긴 했다.

카온이 내려가도 꼬장을 부릴 가능성이 높았는데, 그 휘하 체스터 경이 지휘권을 인수한다?

뭔 짓을 벌일지 몰랐다.

그럼에도 체스터 경은 담담했다.

반군 토벌에 한정해 카온의 말은 곧 황명이었다.

황명으로 체스터 경이 임시 지휘권을 받았으니, 그걸 2황자라고 해서 어찌할 수 있는 것이 아니었다.

밉보이는 정도야 어차피 적이니 상관없기도 했다.

"제가 병력을 데리고 반군에 합류하면 어찌시려고 그러십니까?"

"경을 믿을 뿐이다."

카온은 간단하게 말했다.

체스터 경은 감동한 표정이었지만, 사실 이건 원작을 조금이라도 읽어 보면 답이 나오는 문제였다.

'충성의 상징이나 다름없는 체스터가 반군에 합류해? 작가 놈이 어마어마하게 무리하지 않고서는 나오지 않는 그림이다.'

남도 아닌 카온 휘하의 충직한 마스터를 조종하려면 대마법사 정도의 반대급부는 쥐어 줘야 한다.

그러니 걱정하지 않았다.

카온은 체스터 경의 어깨를 툭툭 두드렸다.

"전하, 기왕 마음을 먹었다면, 빠른 속도로 가셔야 할 겁니다. 자면서도 달려야 겨우겨우 시간에 맞출 수 있을 것으로 보입니다."

"각오하고 있다."

남은 것은 행군이었다.

야영지 밖에 전원 기사로 이루어진 병력이 대기하고 있었다.

황실 3기사단이었으나 이제는 카온의 땅이 된 람파스 지방에 속하게 되었다.

그러니 람파스 기사단으로 예편됐다고 봐도 무방했다.

람파스 기사단은 고작 30명에서 출발했지만, 북방 기사단과 아르칼 가문 기사단 일부까지 합세해 100명까지 증강했다.

전원 마력을 다루는 능력자였으므로, 그 자체만으로도

굉장한 상징이라 할 수 있었다.

"준비는?"

"끝났습니다!"

미첼 경이 보고했다.

카온은 마지막으로 기사들의 무장을 살폈다.

경무장에 식량은 이틀 치만 소지했다.

첫 반군 토벌에서 죽어라 달리던 때보다 더욱 가벼운 행장이었다.

물자는 무조건 현지 보급이었다.

예전과 다르게 영주들은 섣불리 누군가의 편을 들기보단 관망하는 자세를 취했으므로 고작 100명의 물자 보급을 거절하지는 않을 터다.

정 안 되면 돈을 주고 구하면 되었다.

"지옥 행군을 할 준비가 됐나?"

"주군의 명령이라면 지옥이라도 갈 수 있습니다!"

"쉬지 않고 달려야 한다. 가자!"

두두두두!

카온은 일정한 속도로, 그러나 빠르게 남하했다.

PTSD가 올라올 정도의 진군이었다.

첫날이었기에 누구도 힘들다는 내색은 하지 않았다.

말들도 마찬가지였다.

하루 정도야 이렇게 가더라도 무리는 없었다.

하지만 과연 다음 날도 그럴까?

'나는 분명 지옥 행군이라고 했다.'

이제는 상황 역전인 것이다.

전에는 카온이 질질 끌려가다시피 하였지만, 이번에는 기사들이 죽지 못해 행군하는 시간을 보내게 될 것이다.

그리고 지금쯤 이동하고 있을 남부 사령관 칼라인 백작에게는.

'온갖 협잡, 거짓, 기만에 절여진 종합 선물 세트를 선사한다.'

작가 놈이 이렇게 나오니 카온도 독하게 나갈 수밖에 없었다.

카온의 명령으로 지옥의 행군이 시작됐다.

기사들은 각오를 하고 있었음에도 어마어마한 고통을 호소했다.

새벽같이 일어나 자정이 될 때까지 달리는 나날이었다.

하루 4시간만 자는 것은 기본에, 계획대로 모든 물자는 자급자족했다.

영지에 들르는 일도 없었다.

미리 사람을 보내 지나가는 길목에 물자를 가져다 놓도록 '명령' 했을 뿐이다.

카온의 명령은 황명으로 다루어졌다.

각 영주들은 서슬 퍼런 내용에 기겁하며 하루 전부터 길목을 지키며 물자를 보급했다.
명령은 간단했지만 강력한 효과를 발휘했다.

[100명의 기사가 먹을 식량과 물, 그리고 전투마 200필을 해당 장소에 배치하라. 이를 어긴다면 반역으로 다스린다.]

반역이라는 한마디에 영주들은 밤잠을 설쳤다.
황제는 제국 전역 귀족들에게 훈시를 하달한 참이었다.
반군 토벌에 한정해서는 카온이 황권을 대리할 것이니, 모든 명령에 협조하라는 내용이었다.
게다가 카온은 마스터의 경지를 밟았다.
망나니라는 소문은 사라졌으니, 물자 보급 자체는 문제가 없었다.
그보다는 체력 소모가 심했다.
수도권을 한참이나 지난 체블란 지역.
오직 남쪽으로 향해 달리는 기사단이었으며, 식사하는 시간만 제외하면 무조건 달릴 뿐이었다.
가끔은 야밤에 달리다 문제가 발생하기도 했다.
털썩!
"체판 경이 낙마했습니다!"

"뭐 하나! 묶어라!"

낙마한 기사는 동료 기사가 여분의 말에 꽁꽁 묶었다.

기절을 한 채로 질질 쓸려가는 모습은 왕년(?)의 카온을 연상케 했다.

일주일이 흘러 다들 체력의 한계를 느낄 즈음에는 포션이 지급됐다.

효율이 30%나 향상된 특제 포션으로 피로 회복에도 탁월한 효과가 있었다.

이렇게 해도 하루 4시간만 자고 이동하는 한계가 있었기에 특단의 조치를 내렸다.

"야간에는 2인 1조로 말을 모는 기사가 동료를 묶고 간다."

사람을 묶어 질질 끌고 가는 것을 공식화했다.

기사들은 이거라도 감지덕지였다.

모자란 잠을 조금이라도 보충할 수 있었기 때문이다.

카온도 피곤하기는 마찬가지였다.

'그래도 살 만하다.'

그는 마스터였다.

체력 소모는 있었지만, 기사들처럼 죽을 만큼 고되지는 않았다.

마침내.

카온은 2주일 만에 반군 지역인 그라칼 지방을 지나 제국 남부에 접어들 수 있었다.

여기서 하루를 더 달린 끝에 겨우 칼라인 백작의 야영지가 보이는 언덕에 도착했다.

"도, 도착했다."

기사들은 그 자리에서 쓰러졌다.

누가 뭐라고 할 것도 없이 기절해 버린 것이다.

카온은 첫 번째 불침번을 자처했다.

"……."

고요한 언덕.

저 멀리 어마어마한 군세가 펼쳐져 있었다.

곳곳을 빛내는 횃불 때문에 더욱 현실을 자각할 수 있었다.

저녁에 도착한 기사들은 자정까지 내리 잤다.

카온은 굳이 그들을 깨우지 않았다.

가장 먼저 정신을 차린 사람은 미첼 경이었다.

"버, 벌써 두 개의 달이 교차되고 있군요!"

"한참 됐다."

"쉬십시오."

불침번을 인계한 카온도 그 자리에서 잠들었다.

다음 날 아침.

보름 동안 죽어라 행군한 카온은 늦지 않게 도착할 수 있었다.

조금이라도 늦었다면 돌이킬 수 없는 상황이 됐을 것이다.

제국의 마스터 한 명이 줄었을 테고, 남부에는 구멍이 뚫려 사막 왕국의 침공이 시작됐을 터다.

일단 고비는 넘긴 셈이다.

'진군에는 성공했지만, 백작과의 전투에서 승리할 수 있을지는 별개의 문제지.'

카온은 일찍 일어나 명상에 잠겨 있었다.

잠을 자는 것보다 마나를 순환시키는 것이 피로 회복에 더 좋다.

전체적인 컨디션은 나쁘지 않았다.

'자힐이 가능하고 기초 신성 마법이 있으니 어떻게든 가능할지도.'

전장에서 칼라인 백작을 만나면 십중팔구 패배했을 것이다.

백작이 사제나 마법사 전력을 가지고 있다면 각종 버프를 걸어 줄 수 있기 때문이다.

그러나 일대일 대결이라면 다르다.

'낭만 기사'라고도 불리는 칼라인 백작이라면 꼼수 따위는 쓰지 않을 터.

물론, 일대일 상황까지 몰고 가는 것도 쉬운 일은 아니었다.

"주군, 출병 준비를 마쳤습니다."

기사들은 꽤 신색을 회복한 몰골이었다.

어제까지는 거지꼴이었지만, 근처 계곡에서 몸과 장비를 씻었다.

포션을 한 병 마시자 그럭저럭 기력을 회복해 전투에 들어가도 무리는 없었다.

기사단이 이래서 좋았다.

병사들을 끌고 왔으면 최소한 며칠은 요양했어야 할 피로를 하루 만에 풀어 버렸으니까.

카온은 기사들에게 신신당부했다.

"적은 5만이다. 정면으로 부딪쳐서는 결코 이길 수 없으니, 일이 틀어지면 도주해야 한다."

칼라인 백작이 카온과의 대결을 거부하고 군을 출격시켜도 도주한다.

패배했을 때도 마찬가지였다.

그때는 또 지옥 행군을 시작해야 하니, 모두 마음을 단단히 먹을 수밖에 없었다.

"사실 나도 한 번에 끝났으면 좋겠다. 그런 지옥 행군을 다시 하라면 도저히 못 해 먹을 테니까."

"으으으."

기사들도 제대로 PTSD가 온 것 같았다.

"출발한다."

운명의 시간이었다.

남부군 진영.

동이 떠오르는 아침, 병사들은 바쁘게 아침 식사를 준비했다.

칼라인 백작은 병영 여기저기를 둘러보며 상태를 점검하였다.

군기가 제대로 잡혀 있었다.

그러나 병사들은 남부군이 갑자기 북쪽으로 올라가는 이유를 모르고 있었다.

그저 자신을 충성스럽게 따르는 자들이었으니, 군말 없이 행군을 해 왔을 뿐이다.

'아무리 생각해 봐도 이건 아니다.'

칼라인이라고 제국이 무너지길 바라는 건 아니었다.

그가 남부에서 빠지면 사막 왕국이 움직일 것이라는 사실은 충분히 예상할 수 있었다.

팽팽한 긴장이 유지되고 있는 제국 남부에서 마스터가 빠져나갔다?

몇 개월 안에 사달이 나도 단단히 난다.

그럼에도 칼라인이 진군할 수밖에 없는 이유.

[북쪽으로 진군하라.]

신의 목소리가 들렸다.

처음에는 버티기도 했었다.

신의 명령이 들린다고 제국 전체가 무너지는 꼴은 볼 수 없었으니까.

그러나 버틸 수 없었다.

수명이 깎여 나가는 고통이 이어졌으며 공공연하게 헛소리가 튀어나왔다.

뭐가 어찌 됐든 진군해야 하는 것은 절대적인 진리였다.

벌써부터 제국이 걱정되긴 했지만.

"하……."

제국의 명장이 한숨을 내쉬었다.

도대체 신께서 왜 이런 명령을 내리는 것인지 이해가 되지 않았다.

오늘도 이동을 준비하고 있을 때, 전령이 달려왔다.

"각하! 3황자가 기사단을 이끌고 찾아왔습니다!"

"뭣!?"

이건 또 무슨 소리일까?

수도에서 남부까지의 거리가 얼마인데, 갑자기 3황자가 나타난다는 말인가?

"정말 3황자인가?"

"본인은 그렇다고 합니다. 금빛 갑주를 입고 있는 것을 보면 거짓말은 아닌 듯합니다."

3황자 카온 마이어스.

망나니로 알려져 있었지만, 황태자가 쓰러진 후에 갑자기 비상한 존재.

진리를 깨달아 마스터가 된 자가 망나니일 수는 없다.

그저 힘을 숨기고 있었을 뿐이다.

안 그래도 3황자에 대해서는 호기심이 있었지만 만날 기회가 없었다..

여기까지 진군하려면 보름 동안 쉬지 않고 달려왔다는 뜻이었는데, 무엇이 그를 이토록 서두르게 하였을까?

"나가지."

우선은 만나 본다.

칼라인은 고작 100명의 기사단을 끌고 사자의 형태로 찾아온 적을 죽일 만큼 막 나가는 인간이 아니었다.

카온은 칼라인 백작을 만나기 위해 정공법을 택했다.

원작에서 표현되는 칼라인은 호기심이 많으며 비겁한 자를 싫어했다.

반대로 말하면 용기를 높게 산다는 의미였으며, 5만 대군을 고작 100명의 기사가 막고 있는 상황 자체를 높게 평가하리라 여겼다.

카온은 말에 탄 그대로 당당하게 서 있었다.

화살이 날아올 거리였다.

그러나 병사들은 함부로 활을 쏘지 않았다.

아직 칼라인 백작은 반역을 선포한 것이 아니다. 그저 북쪽으로 진군하라고만 했을 뿐.

"3황자가 마스터에 올랐다고 하더니, 5만 대군 앞에서 동요조차 하지 않는군."

"마스터는 인간이 아니라지 않나."

남부군 병사들은 카온을 칼라인 백작과 같은 선상에 두고 평가했다.

마스터들의 행동에는 당당함이 있었다.

그들의 눈앞에 보이는 카온도 마찬가지였다.

촤악!

병사들이 갈라지며 거대한 덩치를 가진 남자가 천천히 걸어 나왔다.

남부 사령관 칼라인 백작이었다.

나이는 30대 후반 정도로 보였지만, 실제로는 40대 후반이었다.

마스터가 되면 노화가 느려지는 현상이 일어나기 때문이다.

마스터가 된 지 20년이나 된 괴물.

그와 일대일 대결을 벌여 승리할 수 있을지도 미지수였지만, 거기까지 상황을 끌고 가는 것도 어려운 일이었다.

그러나 카온에게는 다 계획이 있었다.

"칼라인 백작! 나는 폐하께 전권을 위임받은 토벌군 사령관이다. 예를 갖추라!"

쿵!

우선 칼라인 백작은 한쪽 무릎을 꿇어 군례를 취하고 일어났다.

"전하께서 여기까지는 어쩐 일이십니까?"

"칼라인 백작! 경은 북부로 진군하라는 신의 말씀을 들었을 터다."

"……!"

웅성웅성.

카온은 뜬금포에 가까운 폭탄을 투하했다.

남부군 귀족들과 기사들, 병사들까지 깜짝 놀랐다.

그들은 설마 하는 눈으로 칼라인 백작을 바라봤다.

지금쯤 반군 전체를 이끌고 있어야 할 3황자가 죽을힘을 다해 여기까지 찾아와서 한다는 말이 헛소리일 것이라고는 생각하기 어려웠기 때문이다.

그렇게 말하는 사람이 마스터임에는 신뢰도가 상승했다.

카온의 정공법에 칼라인 백작은 당황해하면서도 숨기지 않았다.

"맞습니다."

"허어! 신탁이라니!?"

"그런데 3황자는 어떻게 백작님이 신탁을 받았다는 사실을 알았지?"

"모르지."

소란이 일어났다.

카온은 이것으로 확신하게 되었다.
'작가 놈의 농간인 것은 맞지만, 힘이 모자랐던 것이다.'
카온은 목소리를 가다듬었다.
잘하면 전투를 하지 않고 넘어갈 수 있을 것 같았다.
"신께서는 반군을 토벌하라 명하셨다. 하루라도 빨리 반군을 몰살시키지 못하면 제국에는 재앙이 닥친다."
"저는 잘 모르겠습니다."
"제국이 망하길 바라느냐?"
"현 황가의 위신은 바닥에 떨어졌습니다. 군주가 민심을 잃으면 예부터 망조가 들었습니다. 군권만 들고 있는 것이 과연 군주겠습니까?"
"신의 뜻을 우리 같은 인간이 어찌 헤아리겠나?"
"전하께서 독실한 신도라는 사실은 처음 알았습니다. 그 말을 제가 어찌 믿습니까?"
"그게 아니면 내가 어찌 신탁의 내용을 알겠나?"
"전하께서도 북부로 진군하라는 제 신탁이 반군에 합류하라는 것인지, 그들을 쓸어내라는 것인지는 모르시는 것 아닙니까?"
'만만치 않은 사람이군.'
시간이 흘러봐야 카온의 입만 아팠다.
전투를 하지 않고 끝내는 방법은 없을 것 같았다.
그렇다면 필살기를 시전한다.

"경이 그렇게 말할 것임을 짐작했다. 싸우지 않기를 바랐으나 어쩔 수 없다. 경에게 신성한 결투를 신청한다. 우리 둘 모두에게 신탁이 내려왔으니, 여신께서 누구의 말이 옳은 것인지 판결하실 것이다."

그제야 백작이 씩 웃었다.

"명쾌한 해결책입니다!"

대결이 준비되었다.

남부군 병사들은 대결 장소로 지정된 구역을 빙 둘러쌌다.

미첼 경을 비롯한 기사들이 그들의 행동을 만류하려 했지만, 소용없었다.

카온도 내심 쫄린 상태였다.

'그렇다고 본심을 내비칠 수는 없지.'

마스터들의 대결은 황금을 싸 들고 가도 볼 수 없다.

대련이 아닌 생사결은 제국법으로 금지되어 있기도 했다.

카온조차 전권을 위임받은 특수한 상황이 아니라면 고려할 수 없는 전략이었다.

'패배하는 순간 끝장이겠군.'

어찌어찌 도주할 수 있다고 쳐도 대부분의 기사를 잃을 것이다.

승리해야만 모든 상황을 종식시킬 수 있었다.

칼라인 백작은 덩치에 어울리게 무식한 대검을 들었다.

힘으로 상대하려 했다가는 큰코다칠 것이다.

백작은 좌중을 둘러보며 외쳤다.

"다들 황당하다는 것은 이해한다."

"……"

무언은 곧 긍정이다.

지금이 어느 때인데 결투로 신의 뜻을 판결할까.

고대 통일 제국 시절이라면 또 모른다.

그때는 종교의 자유가 없었으니까.

그러나 제국은 종교의 자유가 보장되어 있으며, 무교인이 돌아다닌다고 해도 처벌의 대상이 아니다.

무교인의 비율이 제국 내 50%를 차지하고 있었으며, 종교도 여러 교단이 있었으므로 특정한 신의 힘은 그리 크지 않았다.

문제는 칼라인 백작이 정말 신탁을 받았다고 여기는 점이다.

"내가 패배하면 우리는 전하께 합류한다. 사막 왕국이 쳐들어오려면 몇 개월은 걸릴 것이니 빠르게 반군을 정리하고 내려가면 별문제 없을 것이다. 그러나 만약 내가 승리한다면."

다들 침음을 삼켰다.

칼라인 백작이 승리하면 상황이 어찌 될지 눈에 훤했기 때문이다.

"신께서 제국을 찢으시려 하는 것일 테지. 전하, 제 추측이 맞습니까?"

"맞다."

카온은 부정하지 않았다.

이미 벌어진 판이다.

일대일 대결 구도에, 칼라인 백작의 인식을 저렇게까지 바꾸는 것만 해도 대단한 성과였다.

작가는 칼라인 백작에게 북쪽으로 진군하라고만 했다.

반군과 부딪치든, 그들의 편을 들든 거기까지는 관여하지 않았다는 뜻이다.

그렇게까지 조종하기에는 워낙 벌인 일이 많은 탓이다.

카온은 내심 가슴을 쓸어내리면서도 긴장을 끌어 올렸다.

"제가 패배하면 변방을 지키는 영주로서 제국의 방패가 될 것입니다."

"곧 내가 2황자와 싸울 텐데, 지지는 하지 않나?"

"말로는 지지할 수 있지만, 전쟁에 나섰다가는 제국 전체가 무너지지 않겠습니까?"

"그 정도로 충분하다."

"제가 패한다면 전하의 말씀에 따르지요."

'승리하기만 하면 이보다 좋을 수는 없다.'

칼라인 백작은 제국의 마스터.

굳이 2황자와의 싸움에 병력을 보태지 않아도 좋았다.

변경을 지키며 지지만 표해도 수많은 기사들에게 영향을 미치게 된다.

쿵!

칼라인 백작은 대검으로 바닥을 찍었다.

카온도 장검을 꺼냈다.

마스터들의 대결에서 방패는 별 의미가 없다.

오히려 방해만 될 것이 뻔했기에 장검으로 상대하려는 것이다.

"소신은 정말 놀랐습니다. 어찌 그렇게까지 발톱을 감추고 살 수가 있습니까?"

"내가 바라는 것은 오직 제국의 안정이었다. 솔직히 말하면 황위에는 욕심이 없었다. 그런데 어쩌겠나? 형님께서 저렇게 쓰러지시고 2황자가 나를 죽이려 하니 검을 들 수밖에. 게다가 2황자가 집권하게 되면 가뜩이나 추락한 민심이 들끓어 끊임없이 반역자들을 만들어 낼 것이다."

"전하께서 그 고리를 끊으려 하십니까?"

"민심은 천심이다."

"허어!"

민심은 곧 천심이라는 소리는 좀 오버였지만, 원작의 내용이 적용된다면 그게 맞는 말이니 카온의 진심이기도 했다.

"최선을 다해 주시기 바랍니다. 저 역시 전하께서 만드시는 세상을 보고 싶으니 말이지요."

"내가 이기면 술이라도 한잔하지."

"그거 좋군요."

철컥.

칼라인 백작은 검을 들었다.

카온은 내심 쫄렸지만, 장검을 세웠다.

상대는 왕년의 체스터보다는 약하다는 평가가 있었다.

지금의 카온은 체스터의 상대가 되지 않았지만, 신성력을 사용하면 또 모른다.

한 가지 확실한 사실은, 자칫하다가는 여기서 목이 날아갈 수도 있다는 것이다.

그러니 처음부터 맹공을 퍼붓는다.

'헤이스트. 스트롱. 슬로우 힐.'

스스슷!

"오오!"

웅성웅성.

다시 주변이 술렁거렸다.

이번에는 칼라인 백작도 꽤 놀랐다.

카온은 단순한 마스터가 아니라 신성 마법까지 사용했기

때문이다.

성스러운 빛이 몸을 한 바퀴 타고 가자, 힘이 끓어 넘쳤다.

여기에 막대한 양의 마력까지 뿜어냈다.

화르르륵!

오러 블레이드가 발현되자 카온은 바로 칼라인 백작에게 달려들었다.

콰과과광!

기습에 가까운 움직임이었지만, 상대는 기사 중의 기사.

카온의 검을 정면으로 받아치면서도 전혀 기세가 줄어들지 않았다.

칼라인의 눈에 이채가 번뜩였다.

"후회 없이 놀아 봅시다!"

콰르르르릉!

눈앞에서 화려한 오러가 넘실거렸다.

미첼을 비롯한 모든 기사들이 두 마스터의 대결에 집중하고 있었다.

이건 대련이 아니다.

생사를 건 결투였으므로 누군가의 목이 날아가더라도 이상할 것이 하나 없었다.

병사들이야 두 마스터가 워낙에 빨리 움직이고 있었으므

로 전혀 상황 파악을 할 수 없었지만, 기사들은 달랐다.

'주군께서 밀린다.'

미첼은 식은땀을 흘렸다.

처음에는 3황자가 파상 공세를 이어 나가는 듯했다.

칼라인 백작의 검은 대검이었고, 3황자는 장검이었으니 빠른 쪽이 몰아붙이는 것처럼 보이는 것이 당연했다.

그러나 시간이 흐를수록 백작은 힘으로 3황자를 찍어 누르고 있었다.

서걱!

"이런!"

3황자의 몸에 생채기가 났다.

피가 약간 흘렀으므로 람파스의 기사들은 자신의 몸이 베인 듯 신음을 냈다.

'어찌 보면 당연한 결과일지도 모른다.'

3황자가 천재인 것은 맞다.

그게 아니면 성인식도 하지 않은 소년이 어찌 마스터가 되었을까.

천재 중 천재라고 불리는 2황자조차 그 벽을 뛰어넘지 못하고 있었으니, 그의 주군은 불가해의 능력을 지녔다 할 것이다.

문제는 경험이었다.

30년 이상 검을 수련한 사람과 불과 10년 정도 검을 잡은 사람이 같을까?

칼라인 백작은 사막 왕국과 국경을 맞대고 있어 수시로 전투를 벌여 왔다.

생사를 넘나드는 전투 속에서 다져진 검술이었으니, 3황자에게는 애초부터 가능성이 없는 싸움이었다.

'왜 주군께서는 굳이 위험한 전투에 뛰어드신 건가?'

미첼은 눈을 질끈 감고 싶었다.

그러나 실제로는 눈을 부릅떴다.

집중을 풀면 주군의 목이 날아갈 것 같았기 때문이다.

상처가 늘어만 갔다.

이제 병사들도 누가 우세인지 알 수 있었다.

적들조차 불안해했다.

황제로부터 전권을 받아 휘두르는 토벌군 총사령관과 대적하는 것도 모자라 그를 죽인다?

황제의 목이 베인 것 같은 효과를 낸다.

남부군은 그 순간부터 황실과 한 하늘을 머리에 이고 살 수 없는 철천지원수가 되는 것이다.

웅성웅성.

불안감이 짙게 내려앉았다.

"우리가 반역자가 되는 건 아니겠지?"

"그, 그러고도 남을 것 같은데?"

평소였다면 칼라인 백작도 이쯤에서 멈췄을 것이다.

전쟁 중에 잡은 귀족 포로도 함부로 처분하지 않는 것이 관례였다.

이 자리에서 황권을 등에 업고 있는 3황자를 저렇게 베어 내고 있었으니, 모든 사람들의 온몸에 소름이 다 돋는 것이다.

미첼은 주변을 둘러봤다.

'여차하면 주군을 모시고 도주한다. 설마 그것까지 막지는 않겠지.'

대결은 막바지에 접어들고 있었다.

서걱!

"크윽!"

카온의 가슴팍에 긴 자상이 생겼다.

다행히 상처가 깊지는 않았지만, 겉으로 보기에는 중상을 입은 것처럼 보였다.

그는 여기까지 전속력으로 달려온다고 경무장을 했다.

마스터와의 싸움에서 가죽 갑옷 따위는 손쉽게 갈라질 뿐이다.

서걱! 서걱!

"끄악!"

"빌어먹을! 그만합시다!"

칼라인 백작조차 더 이상 검을 대길 망설이고 있었다.

쿵!

카온은 잠시 물러나 숨을 가다듬었다.

'힐.'

신성력이 발현되어 느리지만 꾸준하게 상처를 회복했다.

애초에 여기까지 버틸 수 있었던 것도 모두 신성력 때문이었다.

처음부터 슬로우 힐을 걸었고, 간간이 '자힐'을 사용하였기에 겉으로 보는 것보다는 나은 상태였다.

물론, 위급한 상황인 것은 변함없었다.

'이대로는 패배한다.'

카온이 지면 어떻게 될까?

신의 뜻을 왜곡한 것이 된다.

스스로가 모순에 갇히고 마는 것이다.

그런 최악의 사태는 피해야 했다.

'하지만 어떻게?'

카온은 전투를 치르는 내내 생각했다.

분명 칼라인 백작은 체스터 경보다는 한 수 아래다.

그에게 검술을 배웠으니 이 점은 확실히 알 수 있었다.

그러나 백작은 경험과 센스, 힘, 마력에 이르기까지 모든 면에서 카온을 능가했다.

마스터라고 같은 마스터가 아니라는 뜻이다.

카온은 죽음이 다가오는 것을 느꼈다.

오감이 매우 기민해지고 마력을 받아들이는 통로가 넓게 개방되자, 하늘에서 작가 놈이 주시하고 있다는 사실도 깨닫게 됐다.

그러니 더욱 질 수 없었다.

문득, 원작의 내용 한 구절이 스쳤다.

[검술과 마법, 신성 마법은 본래 상극이다. 셋 중 두 가지 기운이 섞이면 반탄력을 만들어 낸다. 마검사나 기사에서 출발한 성기사가 강한 이유가 여기에 있다.]

'반탄력.'

설정의 한 구절이었으나 카온의 구명줄이었다.

그도 인간인 이상 원작의 내용을 상세하게 외우지 못했다.

소설을 한 번 봤다고 설정을 모조리 외우는 열혈 독자는 없는 것이다.

극심한 위기에 처하니 본능적으로 구절이 튀어나온 것 같은 느낌이랄까.

카온은 몸을 일으켰다.

그러자 칼라인 백작이 눈살을 찌푸렸다.

"이만하면 검은 충분히 섞은 것 같습니다만."

"아직. 나는 신탁을 입은 자. 목이 잘리는 한이 있어도 물러설 수 없다."

"그리 말씀하시면 어쩔 수 없이 목을 벨 수밖에 없잖습니까?"

철컥.

그는 다시 대검을 겨누었다.

이번에는 백작도 진심이었다.

아까까지만 해도 마음이 약해져 카온을 놓아줄까 생각도 했지만, 신탁을 운운하니 어쩔 도리가 없었다.

'신께서 내게 원하시는 바가 있을 것이다. 세속적인 권력에 휘둘려 3황자를 놓쳐서는 안 되는 것이겠지.'

그는 반군에 합류해야 한다는 생각을 굳히고 있었다.

카온은 천재적인 면모를 보였지만, 그뿐이었다.

경험이 부족해 칼라인 백작과 같은 퍼포먼스를 낼 수는 없었다.

"끝장을 봅시다."

"나도 최선을 다하겠다. 죽음에 유의하라."

"얼마든지."

그러면서도 칼라인은 방심하지 않았다.

카온도 마스터는 마스터이니까.

방심하는 순간, 목은 상대방에게 맡겼다고 봐야 한다.

"먼저 들어갑니다. 저를 원망하지 마시길."

쾅!

칼라인 백작이 땅을 힘차게 밟으며 달려왔다.

저 덩치에 어울리지 않게 행동이 아주 기민했다.

힘을 기반으로 하는 이상, 신체적인 한계는 어쩔 수 없다고 쳐도 오랜 수련과 경험으로 최대한 약점을 극복하는 방법을 찾은 것이다.

카온도 긴장했다.

한 번에 끝장내지 못하면 정말로 목이 날아간다.

마력과 신성력을 쥐어짰다.

신성 마법을 사용하려는 것이 아니다.

검에 마력과 신성력을 섞음으로써 반탄력을 만들어 내려는 것이다.

카온의 검에 두 가지 기운이 섞이며 강렬한 전류를 뿜어냈다.

마법사들의 원소 마법이 아닌 순수 반탄력이 발현되니, 강렬한 파장이 사방으로 퍼졌다.

달려오던 칼라인 백작의 얼굴이 굳었다.

후웅!

대검이 휘둘러지자 카온은 카운터를 먹였다.

쿠아아아앙!

쩌저정!

동시에.

칼라인 백작의 대검이 박살 나며 그의 입에서도 피 보라가 터졌다.

털썩.

"쿨럭! 쿨럭!"

칼라인 백작은 쓰러진 채로 일어나지 못했다.

그에 비해 카온은 멀쩡하게 서 있는 것처럼 보였다.

울컥!

물론, 입으로 피가 치밀어 오르려 했다.

최대한 티를 내지 않으려 노력할 뿐이다.

'이 고비만 넘기면 된다.'

백작을 납득시키기 위해서는 완승한 것처럼 보여야 했다.

지금까지는 시종일관 밀리는 모습이었으나, 마지막에는 신의 도움(?)을 받아 승리한 것으로 꾸미는 것이다.

다행히 엉망이 된 카온의 모습은 점차 안정되어 갔다.

슬로우 힐의 효과였다.

"정말로 칼라인 백작님이 패했다고?"

"대체 방금 그건 뭐지?"

"여신의 힘인가?"

웅성웅성.

온갖 소리가 새어 나오고 있었다.

대결의 당사자인 칼라인 백작조차 충격에 빠져 일어나지 못하는 중이었다.

백작은 깨달아야만 했다.

'진정 이것이 여신의 뜻인가?'

칼라인은 생각했다.

자잘한 상처가 있기는 해도 3황자는 결정적으로 승리했으며, 마지막에는 여신의 가호가 있었다고.

신성력이 터져 나가며 어마어마한 카운터가 작렬했던 것이다.

이걸 어떤 말로 설명할까?

마스터 급에 오른 기사가 신성력까지 보유한 사례가 지금까지 없었기에 할 수 있는 착각이었지만, 이는 연쇄적인 효과를 가져왔다.

'신께서 원하신다.'

평소 교단을 적폐 취급했던 칼라인 백작이었으나 여신의

목소리를 듣고 그 증거를 눈앞에서 보게 되니 믿을 수밖에 없었다.

쿵!

칼라인은 억지로 몸을 일으켜 머리를 바닥에 박았다.

"여신의 사도를 뵙습니다."

"……!"

사람들은 칼라인을 바라보며 뜨악했다.

신의 사도?

백작이 멋대로 내린 결론에 기가 막힌 것은 카온도 마찬가지였다.

'분명히 교화가 되긴 했는데.'

작가 놈의 사도라니.

속으로 웃음이 치밀어 오르려 했다.

쿠구구구!

하늘을 보니 맑은 날에 작게 구름이 형성되고 있었다.

작가가 분노를 표출하는 것도 나름 퍼포먼스가 되었으므로 카온은 이마저도 이용했다.

"이는 신성한 결투였으므로 나 역시 겸허하게 결과를 받아들인다."

이겨 놓고 겸허하게 결과를 받는다는 자체가 어폐가 있었지만, 신의 이름으로 포장하면 다 가능했다.

카온의 개소리에 하늘은 더욱 격분하고 있었다.

결국 또 도와주네?

구름이 모여들면서 전류가 형성되었다.

"백작, 일어날 수 있겠나?"

카온은 신성력을 일으켜 백작을 치료했다.

특제 포션을 먹였더니 당장 몸을 일으킬 정도는 됐다.

"감사합니다."

척!

카온은 하늘을 향해 가운뎃손가락을 들어 올렸다.

"이게 무엇입니까?"

"신께 경배하는 의식이다."

"오오! 그런 것이 있었습니까?"

"신께서 내게 계시하시었다. 가능하면 무릎을 꿇지 말고 일어나 손가락을 들어 올리라고."

"가장 높은 곳에서 신과 소통하라는 의미가 있는 것 같습니다."

"경의 말이 옳다."

"신이시여!"

콰르르릉!

칼라인 백작이 손가락을 들어 올리자 작가 놈이 격분했다.

그의 행동을 병사들도 따라 했다.

"신이시여!"

콰과과광!

뇌전의 줄기가 여기저기 퍼져 나갔다.

주변은 다 맑은데, 이 부근에만 구름이 모여 번개가 치는 장면은 신의 행사가 아니고는 설명할 수 없었다.

카온은 속으로 미친 듯이 웃었다.

'고맙다, 새끼야. 눈물이 다 나려고 하네.'

진군은 잠시 멈추었다.

어차피 속도가 중요한 것은 아니다.

남부군은 본대보다 몇 시간이라도 늦게 도착해야 한다.

전투를 하는 도중에 뒤통수를 후려갈기는 것이 적에게 가장 큰 피해를 줄 수 있는 일이기 때문이다.

그러므로 하루는 그냥 쉬기로 했다.

카온과 칼라인 백작은 각각 치료를 받았다.

특제 포션을 마시고 신관들에게 신성 마법을 시술받으니, 완전하진 않아도 겉으로 보기에는 멀쩡해졌다.

카온도 좀 살겠다는 표정을 지으며 저녁쯤에 칼라인을 호출했다.

"몸은 좀 괜찮으십니까, 전하."

"경은 어떤가?"

"신벌이 무섭긴 무섭군요. 아직도 내부가 엉망진창입니다."

백작은 괜히 엄살을 부렸다.

저래 보여도 하루 이틀만 요양하면 괜찮아질 것이다.

오히려 카온이 문제였다.

'나도 며칠 정도면 회복하겠지.'

아까의 전투는 다시 복기해 봐도 섬뜩했다.

조금이라도 타이밍이 늦었다면 돌이킬 수 없는 참사가 벌어졌을 것이다.

카온은 신성한 결투에서 패배하면, 남부군을 반란에 가담시킨 꼴이 되며 2황자 파벌이 공격할 빌미를 제공한다.

그렇지 않아도 어려운데, 인생 자체가 헬 난이도가 될 것임은 자명했다.

어쨌든, 카온은 승리했고 달콤한 과실을 취해야 한다.

"칼라인 경, 이유는 나도 알 수 없지만 여신의 뜻은 황가에 있다."

"그건 저도 의외였습니다. 제국이 망하길 바란 것은 아니었으나 현 황가는 무너지는 것이 옳지 않나 싶었습니다."

"……."

칼라인 백작은 살벌한 소리를 아무렇지도 않게 했다.

이 인간이 카온을 황자로 생각하는지 의심이 들 정도였다.

"하나 여신께서 사도를 내세워 저를 올바른 길로 인도하셨으니, 다행이라는 생각입니다."

바로 이거다.

그의 논리에 의하면 여신이 황가를 이용해 뭔가 도모하려 하니, 남겨 두어야 한다는 것에 동의한다는 뜻이다.

여신(작가)의 사도가 제국을 통치할 수 있게 된다면 목숨이라도 내놓겠다는 말도 서슴없이 했다.

"지금 보니 황가의 존속이 왜 필요한지 알겠습니다. 사도를 황제로 내세워 인간계를 통치하신다니. 인간으로서는 상상도 할 수 없을 정도의 전략이었습니다."

"그건 모른다."

"예?"

"경도, 나도 섣불리 여신의 뜻을 짐작해서는 안 된다. 어찌 그게 올바른 생각이겠나?"

"죄송합니다. 제 생각이 짧았습니다."

칼라인 백작은 즉답했다.

카온의 입장에서는 앞으로 작가 놈이 또 어떤 수작을 부릴지 알 수 없었기에 사고를 미연에 방지하려는 것이었다.

그러고는 한숨을 내쉬었다.

"게다가 나는 독실한 신자가 아니었다."

"…… 솔직히 저도 그렇습니다."

"그럼에도 나 같은 놈을 선택한 이유가 있으실 테지. 앞으로 경이 명심해야 할 것은 인간의 말은 들을 필요가 없다는 것이다. 다소 이해가 되지 않는 명령이 떨어지더라도 개인적인 독단으로 여신의 뜻을 곡해하지 말아야 한다."

"예, 전하."

신성한 결투에서 승리한 카온은 곧바로 '가스라이팅'에 들어갔다.

여신과 소통하는 사도의 말만 들어라.

여신이 직접 명령을 내리면 그대로 행동해라.

두 번째 대목이 좀 무리수일 수 있었지만, 그건 어쩔 수가 없는 일이었다.

작가 놈도 카온이 만만치 않은 인간이라는 사실을 인지했을 것이니, 굳이 칼라인 백작을 또 움직이려 하지는 않을 터였다.

밤이 깊어지도록 카온은 칼라인 백작을 붙들었다.

끈질기게 여신의 뜻을 물고 늘어지며 왜곡된 가치관을 심는데 주력했던 것이다.

마이어스 제국 황궁, 황제 집무실.

요즘 황제는 점점 더 몸이 노쇠해지는 것을 느끼고 있었다.

병마까지 겹치면서 길어야 1~2년 정도 버티다 죽을 것임을 확신했다.

이 상황이 되니 젊은 시절 철혈의 황제로서 권력을 휘두르던 그 역시 판단력이 흐려지는 면모를 보였다.

"늙으니 자식을 의지하게 되는 건가."
예전 같았으면 상상도 할 수 없었던 일이다.
세상의 모든 것을 가진 황제가 타인을 의지한다?
권력자는 고독한 법이다.
자식조차 정적이 될지 모르는 자리.
그러나 죽을 때가 되니 그런 생각도 점점 잦아들었다.
지금 믿는 것은 3황자였다.
"카온 녀석은 뛰어나다. 단순히 뛰어나다는 말로는 설명하기 힘들지. 제국의 안정을 위해 망나니로 평생 살며 이미지를 만들었다는 것도 심계가 뛰어나다는 방증이다."
생각하면 할수록 놀라운 일이다.
놈은 정말로 황태자가 살아 있었으면 작은 땅이나 받아 한량처럼 살았을 것이다.
황태자가 쓰러지고 2황자가 녀석을 압박해 목숨이 위태로워지니, 제대로 실력을 보이고 있었다.
문제는 세력이었다.
모두에게 손가락질을 받을 정도로 행동했던 덕분에 세력이라고 할 것이 없었다.
최근 바이스 후작이 주축이 되어 3황자 파벌이 형성되었지만, 제대로 세력이 만들어지려면 카온이 반군을 쓸어내야만 한다.
황제의 근심이 깊어지고 있을 때, 시종장이 들어왔다.

"폐하! 기쁜 소식을 전합니다!"
"기쁜 소식?"
"3황자께서 전서구를 띄우셨습니다!"
"오오!"
황제는 자리에서 벌떡 일어났다.
요즘에는 3황자의 소식만 기다렸다.
지금 일어난 반란군도 카온 녀석이 막지 못하면 제국이 결딴날 수 있었다.
정확하게는 황가가 무너질 위기인 것이다.
이 상황에 기쁜 소식이라니.
그는 바로 보고서를 살폈다.

[폐하, 남부 사령관이 합류했습니다. 칼라인 백작은 상황이 급해 우선 출병하고, 후보고를 하려 하였으나 그 서신을 반군 놈들이 빼돌려 폐기한 정황을 발견했습니다. 반군의 기세가 등등 하여 이렇게밖에 보고할 수 없음을 이해해 주십시오.]

"남부 사령관이 합류하다니!"
"여기까지는 표면적인 내용이고, 진실은 따로 보냈습니다."
"그러한가."

[제가 신의 의도를 들먹여 백작과 신성한 결투를 하였습니다. 힘으로 찍어 눌러 합류시켰으니, 가능하면 사면해 주실 수 있으십니까?]

"녀석!"

황제는 연신 고개를 끄덕였다.

3황자가 두 개의 내용으로 보낸 것은 정보부가 뒤지면 사실을 알아내는데 얼마 걸리지 않는다는데 있었다.

또한 지금 상황에 남부군이 완전히 돌아서 버리면 황가가 무너지는 것에 더해 제국 자체가 박살 날 수 있으니 어떻게든 사면하여 쓰는 것이 옳았다.

과정 따위는 어떻게든 좋다.

황제의 입장에서도 제국의 마스터이자 남부를 지키는 사령관의 목을 쳐서 좋을 것이 하나 없는 것이다.

이런 식으로 명분까지 만들어 주었으니 기특한 일이었다.

"반군은 무리 없이 진압되겠다."

"감축드리옵니다, 폐하!"

"내일부터 논공행상을 논의할 것이다. 짐이 살아 있을 때, 카온 녀석의 실력을 확인하려면 2황자와 대적할 수 있을 정도로 체급을 불려 주는 것이 맞을 테지."

제국의 중부 지방.

이곳은 남부와의 경계였으며, 조금만 더 올라가면 적 본진이 나온다.

카온은 본대와 속도를 맞추는 것에 주력했다.

또한 되도록 정보를 통제하며 어떤 소식도 반군에게 넘어가지 못하도록 철저하게 전서구 등을 잡아냈다.

무단이탈은 첩자로 간주하고 처형했으며, 함부로 전서구를 날리는 자들까지 모조리 잡아 족치면서 내부 단속에 심혈을 기울였다.

남부군이 제대로 적의 뒤통수를 후려치기 위해서는 반드시 병행해야만 하는 일이었다.

적 본진과 하루 반을 남겨 두고 카온은 여러 경로를 통해 들어온 황명을 받았다.

[가결.]

"칼라인 백작을 불러와라."

"예!"

카온의 명령에 후방에서 군을 지휘하고 있던 칼라인 백작이 단숨에 달려왔다.

"찾으셨습니까, 전하!"

칼라인의 태도는 더욱 깍듯해졌다.

카온을 단순한 황자가 아니라 신의 사도라고 여겨서 그렇다.

"경은 대외적으로 제국의 앞날을 걱정해 미리 출병한 것이다. 폐하께 보고했고 황명을 제대로 받았다."

"……!"

"명분이 그렇다는 것이고, 폐하께서도 진실을 알고 계신다. 경이 내게 패배하여 굴복했음을."

"형식은 어찌 돼도 상관없습니다."

"사면이다."

쿵!

남부 사령관 칼라인이 바닥에 머리를 박으며 카온에게 감사를 표했다.

카온은 하늘을 잠시 올려다봤다.

'결국 또 도와주네?'

카온은 격전지가 내려다보이는 언덕에 도착했다.

이곳에는 지휘관들만 올라왔고, 나머지 병력은 언덕 아래에 대기 중에 있었다.

지금껏 이 상황을 만들기 위해 정보전을 감행했다.

끊임없이 척후들을 보내 반군이 보낸 척후를 끊었고, 철저하게 정보가 새지 않도록 감시했다.

한편으로는 아군 본대의 이동 속도를 살피며 조절해 딱

하루 차이를 두고 남부군을 끌고 올 수 있었다.

"좋지는 않군."

격전지를 살펴본 카온의 총평이었다.

그의 말대로 아군과 적이 뒤엉켜 대규모 전투가 벌어지고 있었다.

불과 하루 만에 피가 대지를 적셨으며 피아를 식별할 수 없는 사체들이 곳곳에 쌓였다.

양측 총병력 30만이 부딪치고 있었으니 하루에 많게는 수만, 적게는 수천의 사상자가 나오는 것이 정상이었다.

그래도 아직 피해는 그리 크지 않다는 것이 수뇌부의 판단이었다.

카온은 백작을 우대하는 차원에서 의견을 물었다.

"경은 어떻게 보나?"

"반군이 사활을 걸고 있으니 내일 정도면 어마어마한 사상자가 발생할 것으로 보입니다. 마법과 화살이 난무하니 애먼 병사들이 죽어 가고 있군요."

"전략은?"

"적의 뒤를 쳐야만 합니다. 뒤에서 마스터 둘이 치고 들어가면 적 진영은 찢어질 것이옵니다."

"정확하다."

정면에서 마스터가 활약해도 적들의 사기가 떨어지기 마련이었다.

그런데 그런 괴물들이 후방에서 등장한다?

진형을 쪼개 놓는 정도는 충분히 가능했다.

"이번 한 방에 전쟁을 끝낸다."

카온은 각오를 다졌다.

원작의 내용을 참고해 앞으로 일어날 일들을 생각하면 최대한 제국의 병력을 보존하는 것이 온당했다.

과연 적이 인간만 있을까?

그러기에는 전개에 한계가 있었고, 그 정도야 작가도 알고 있었다.

강제로라도 적을 등장시켜 제국을 쪼개는 스토리가 이어졌으니, 내전으로 제국이 박살 나면 제아무리 카온이 황위에 오르더라도 미래는 암울했다.

결국 베드 엔딩으로 가게 될 것이니, 첫 단추부터 잘 꿰어야 했다.

"준비하라! 적 후방을 찢는다."

"예!"

반군 사령부.

처음 그라칼 백작이 반란을 일으켰을 때는 농민이 대다수였다.

원래 반란은 민란의 형태였다.

기름을 부은 것이 바로 그라칼 백작이었다.

그는 여러 제후와 변경백들에게 혁명을 하자는 격문을 날렸고, 세력이 와해되기 전에 살아남을 수 있었다.

생각보다 제국과 황실에 불만을 갖고 있는 제후들은 많았다.

중앙과 멀어질수록 소외되는 감이 있었는데, 이번 기회를 틈타 권력을 잡아보고자 구름같이 몰려들었던 것이다.

그 숫자만 물경 20만에 이르렀다.

지금은 2황자와 격전을 치르느라 15만으로 줄었지만, 그 정도만 해도 적을 격파하는 데는 무리가 없었다.

문제는 마스터에 올랐다는 카온 3황자였다.

"어떻게 해야겠나?"

"소모전으로 갈 수밖에 없습니다."

15만 대군이 주둔할 수 있는 영지 따위는 존재하지 않는다.

제국에서 작정하고 만든 군사 요새이거나 변경백령이라면 몰라도 제국 중부에서는 그만한 숫자를 감당키 어려웠으므로, 회전으로 전환해야만 했다.

간신히 버티던 적들이 증원됐다.

그 숫자가 물경 11만.

적들도 총 15만 대군으로 불어난 것이다.

악재였으나 눈앞에서 보이는 상황은 그리 나쁘지 않았다.

적진에 마스터가 끼어 있다고 해도 그들이 전장 전체를 좌지우지하는 것은 아니었기 때문이다.

조금씩 밀리는 경향은 있었지만.

"남부 사령관에게 연락은?"

"행적이 묘연합니다."

"묘연하다니?"

"갖은 수를 써서 찾고 있지만 어디에서 진군하고 있는지 알 수 없습니다."

"그게 말이 되나?"

반군이 이렇게 버티고 있는 것은 칼라인 백작의 참전 때문이었다.

그는 반군에 참여하겠다고 의사를 타진한 후 변경을 나섰다고 한다.

다만, 사막 왕국이 언제 쳐들어올지 모르니 빠르게 적 본대를 격파하고 남부로 돌아가겠다는 뜻을 밝혔다.

여기까지는 좋았는데, 갑자기 소식이 뚝 끊겼던 것이다.

"이거 불안한데……."

고개만 돌려도 수많은 병력이 죽어 나가는 소리가 들렸다.

사령부는 후방이라 그나마 안전했지만, 언제 눈먼 화살이 날아와도 이상할 것이 없었던 것이다.

오늘도 큰 성과 없이 소모전을 해야 하나 싶었는데, 갑자기 후방에서 대량의 병력이 나타났다.

"대군 출현! 병력은 대략 4만! 남부군입니다!"

"오오!"

"끝났구나!"

언덕에 나타난 남부군이 전장을 향해 맹렬하게 달려오고 있었다.

그런데 그들의 진형이 조금 이상했다.

"각하, 왜 남부군이 후방으로 짓쳐드는지 모르겠습니다."

"출현을 적들에게 최대한 숨기기 위함이 아니겠나? 후방을 경유하여 우회하면 바로 적의 옆구리를 타격할 수 있다."

"과연!"

반군들은 자기들 좋은 대로 상황을 왜곡했다.

이는 그라칼 백작이 어설프게 똑똑해서 그리 생각하기는 것이기도 했다.

설명을 들은 참모들까지 고개를 끄덕였다.

4만 대군의 출현을 과연 적들이 모를까 싶지만, 급작스럽게 나타나 조금이라도 적에게 타격을 더 주려 한다면 모습을 최대한 숨기고 측면을 치는 것이 맞다.

남부 사령관은 마스터이자 경험이 많은 장군이기에, 이 정도는 기본적인 전략이라 볼 수 있었다.

"총공세다!"

"예!"

'지금까지 남부군이 진군을 숨겨 온 것도 아군에 첩자가 박혀 있을지 모른다고 생각해서겠지.'

그리 판단하면 다 이해가 된다.

목표는 승리하는 것.

이해득실은 승리 후에 생각해도 된다.

두두두두!

후방에서 달려오던 남부군은 더욱 기세를 올렸다.

그러나 너무 아군과 가까웠다.

"이 무슨……?"

"와아아아!"

증원이라 생각했던 남부군은 곧장 반군의 후방을 타격했다.

참모들은 충격에 휩싸였다.

"아니, 어찌! 배신을!?"

"각하! 아군의 진형이 쪼개집니다!"

"이런 미친!"

백작은 뒤를 돌아봤다.

남부군 선봉에는 오러 블레이드를 뿌리는 마스터 둘이 사정없이 검을 휘두르고 있었다.

콰과과광!

카온은 망설임 없이 선봉에 섰다.

그에 질 수 없다는 듯 칼라인 백작도 그의 우측에 서서 누가 더 반군의 목을 베어 내는지 암묵적인 경쟁에 들어갔다.

갑자기 뒤통수를 맞은 반군은 충격에 휩싸였다.

그것도 모자라 마스터 둘이 진형을 정확히 쪼개고 들어오니 정신을 차리지 못하는 것이다.

"으아아! 괴물!"

푸하하학!

피륙이 난무했다.

카온이나 칼라인 백작은 만전의 상태로 출전했다.

며칠 동안 요양하여 최상의 상태를 만든 것이다.

하루에 특제 포션을 몇 병이나 마셨으며, 신관도 그들을 치료하기 위해 시달려야 했다.

그 결과는 이렇게 나타났다.

서걱! 서걱!

'손쉽군.'

칼이 닿는 대로 적의 머리가 떨어졌다.

상징성을 위해 미약하게 오러 블레이드를 만들어 뿌렸더니, 눈앞에 하이패스 도로가 깔릴 지경이었다.

두두두두!

카온과 칼라인 백작은 그렇게 갈라지기 시작한 길을 더욱 넓히기 위해 닥치는 대로 적을 살상했다.

눈앞을 막으면 죽는다.

반군의 맹장이라고 해도 마찬가지였다.

적들이 지레 겁을 먹어 길을 터 주었으므로 기사나 지휘관 급 장교가 보이면 갑옷째로 베어 넘겼다.

마력이 상당히 들어갔지만, 효과는 만점이었다.

"마스터 둘은 막지 못한다!"

카온과 칼라인 백작이 날뛰고, 뒤로는 남부군이 그대로 틈을 벌리며 군을 쪼개 버렸다.

"으하하하! 전하! 어찌 제가 더 많이 목을 딴 것 같습니다만?"

"어림없다!"

사람 목 따는 것이 즐거운가?

카온은 필요에 따라 적을 죽이지만, 칼라인 백작은 살육 그 자체를 즐기고 있었다.

백작이 호전적인 성향을 가졌다는 것은 알고 있었지만 이 정도일 줄은 몰랐다.

그러니 어쩔 수 없이 어울려 주었다.

마스터들은 막상 전투에 들어가면 매우 즐겁게 적을 살상하였기에, 호감을 사기 위해 그 반절 정도는 해 주어야 하는 것이다.

"앞을 막는 자, 모두 죽을 것이다!"

카온도 질 수 없다는 듯, 이번에는 마력과 신성력을 섞었다.

반탄력이라는 개사기 스킬(?)을 날리자 눈앞에 거대한 공백이 생겼다.

콰과과광!

반경 안에 있는 자들은 갑옷이고 나발이고 죄다 찢어졌다.

백작은 카온의 모습을 보며 더욱 흥분했다.

"과연 신의 사도이십니다! 이렇게 되면 저도 질 수 없지요!"

백작은 카온처럼 반탄력을 이용할 수 없었지만, 검강을 날려 적진을 파괴했다.

웬 미친 인간들이 황소처럼 날뛰자 적의 사기는 급속도로 떨어졌다.

그러다 문득 그들은 적진에 너무 깊게 들어왔음을 깨달았다.

"백작, 잠시 쉬지."

"그러지요."

"……."

전장 한복판.

그들이 달린 길은 피륙으로 얼룩져 있었다.

아군과는 50m 정도 거리가 벌어졌지만, 누구도 함부로 공격할 생각을 못 했다.

단순한 힘 대결이었으면 몰라도 후방을 얻어맞았으니, 적의 사기가 바닥인 탓도 있었다.

"전하, 하온데 이대로 괜찮습니까?"

"본대는 체스터 경이 이끈다. 그는 힘을 되찾았으니 충분하다."

"체스터 경이라면 믿을 만하지요."

체스터 경은 한때 자타 공인 최강의 실력자로 군림하고 있었다.

남부 사령관인 칼라인 백작이 자신의 패배를 인정했으며, 동부 사령관과는 해 봐야 알겠지만, 질 것 같지는 않다는 평이 지배적이었다.

체스터 경이라면 남부군이 후방을 쪼갤 때, 바로 군을 포위 진형으로 변환해 이 전쟁을 끝내려 할 것이다.

두두두두!

곧 남부군 본대가 도착했다.

"백작, 준비됐나?"

"예!"

"이번에 완전히 적진을 쪼개고 아군 본대와 만날 것이다."

"하하하! 그러시죠! 간만에 피가 끓으니 정말 즐겁습니다!"

카온과 백작은 다시 선의의 경쟁(?)을 시작했다.

전투는 예상대로 흘러가고 있었다.

양측의 총력전.

병력은 많아도 야전에서 뒤통수를 후려 맞으면 휘청거린다.

게다가 후방을 급습하는 병력에는 마스터가 둘이나 끼어 있었다.

두 마스터가 망나니처럼 날뛰는 덕분에 성공적으로 적진을 쪼갰으며, 체스터 경은 병력을 운용해 포위 진영을 완성했다.

뫼비우스의 띠처럼 적들의 입장에서는 어디를 봐도 아군이 포위하고 있는 형국일 것이다.

회전에서 포위당하면 끝이다.

오랜 시간 전장을 전전해 온 지휘관들은 이 사실을 잘 알고 있었다.

같은 병력이라도 포위를 당하면 희망을 잃는데, 뒤통수를 강하게 후려 맞은 반군이 버틸 수 있을 리 만무했다.

적들은 가망이 없음을 인지하고, 하나둘 무기를 내렸다.

여전히 전투가 일어나는 곳도 있었지만, 이만하면 전쟁은 끝났다고 봐도 무방한 수준이었다.

마침내 카온은 본대와 합류했다.

그곳에서는 반군에게 화풀이하고 있는 2황자가 보였다.

카온과 2황자가 눈을 마주쳤다.

"이게 누구십니까? 패전 장군 2황자 전하 아니십니까?"

"그게 형에게 할 소리냐!?"

"형님은 도대체 왜 나오셨습니까? 미안하지만 패배자에게 나누어 줄 공 따위는 없으니 돌아가시죠."

"……!"

카온의 가차 없는 팩트 폭행에 2황자의 얼굴은 완전히 일그러졌다.

싸늘한 긴장이 감돌았다.

분위기만 봐서는 당장 칼부림이 나도 전혀 이상하지 않을 정도였다.

2황자가 살벌하게 눈을 부라리며 말했다.

"싫다면?"

카온은 그 모습에 피식 웃었다.

2황자의 얼굴이 더욱 기괴하게 일그러졌다.

여기 있는 사람들 중에서 2황자와 3황자의 대립을 모르는 사람은 없었다.

누구 하나 죽어 버리면 살아남은 사람이 바로 다음 대 황위를 차지하게 될 것이다.

제국으로서는 대안이 없었으니, 카온이 쉬운 길로 가려면 이 자리에서 2황자를 죽여 없애는 것이 나을 수도 있었다.

그랬다간 바로 내전이 터질 수도 있다는 것이 문제였지만.

'제국은 혼란스럽다. 구심점이 사라진 2황자 세력은 중립 귀족들의 협박에 혁명을 일으킬 수도 있음이야. 그리되면 제국은 결판이 나고 사방에서 적들이 쳐들어와 찢기겠지.'

2황자가 괘씸하긴 하지만 당장 죽이기엔 명분이 약했다.

황좌를 차지하겠다고 약한 명분으로 죽이면 수많은 기사들이 등을 돌릴 것이다.

정계의 상황도 반영을 해야 하니, 생각보다 2황자를 처리하는 건 쉽지 않았다.

다른 곳도 아니고 반란군을 처리하는 전장에서라면 더더욱.

물론, 명분이 있으면 위협은 할 수 있다.

"싫다면 베는 수밖에."

"이놈이 정말 미쳤구나! 마스터가 되었다고 세상이 다 네 것 같으냐?"

"형님, 전에 제가 드린 말씀을 기억하십니까?"

"무슨······?"

"당신을 죽이기 전에 한 번은 손속을 봐주겠다고 하였습니다. 형님께서 제게 마지막 기회를 주셨듯이 말입니다."

"이 상황이 그렇다는 뜻이더냐."

"형님은 감히 제게 전권을 내려 주신 폐하의 명령을 거부한 것입니다. 전장에서 황명을 거스르게 되면 어찌 되는지 똑똑한 형님이 모르지는 않을 텐데요."

"……!"

웅성웅성.

카온은 매우 논리적으로 2황자에게 반박했다.

명분으로 따지면 맞는 말이다.

황제로부터 전권을 받은 사령관의 말을 거부한다는 건 있을 수가 없는 일이다.

2황자가 카온과 경쟁하는 관계라고 해도 바로 목이 날아갈 수 있었다.

물론, 말이 그렇다는 것이고 2황자를 이 자리에서 참수하는 순간 제국 전체가 끓어오를 것이 분명했다.

최고의 옵션은 황제가 죽기 전에 3황자를 후계자로 지정하는 것이고, 그게 안 되면 카온이 세력을 모아 정당하게 놈을 치는 것이다.

2황자를 따르는 떨거지들과 함께 말이다.

"전쟁에서 손을 보태려는 장수를 죽인다? 제정신이냐?"

"패전한 사령관이 전권 사령관의 공을 가로채려 다 끝난 전쟁에 참전해 꼬장을 부렸다? 이만하면 반역에 준하는 행위입니다."

"말이 어찌 그리되느냐!?"

"자, 형님의 충실한 귀족들아. 너희가 말해 봐라. 내 말이 틀리더냐?"

"그, 그건."

2황자 파벌 귀족들은 변명이 궁색해졌다.

카온의 말대로 다 이긴 전쟁에 숟가락 하나 얹으려는 건 맞다.

말이라는 것이 코에 걸면 코걸이, 귀에 걸면 귀걸이 아닌가.

괜히 지휘권을 분산시키고 공을 독차지하기 위해 내부를 분열하려는 죄를 씌운다면 벗어날 수 없었다.

3황자가 경고까지 한 번 했음에야 말할 것도 없다.

그들은 2황자를 말렸다.

"전하, 3황자의 말이 맞습니다."

"너희들마저……!"

"지금 전하께서는 머리에 열이 올라 총기를 잃으셨습니다."

2황자는 그 말에 벼락이라도 맞은 듯 몸을 부르르 떨다 제정신을 차렸다.

귀족들의 말대로 그는 너무 감정적으로 행동하고 있었다.

"이번에는 내 패배를 인정한다."

"그러십니까?"

"너는 나를 진정한 적으로 만들었음을 알아야 할 것이

야. 때가 오면 너를 베겠다."

"이미 적 아니었습니까? 너무 저를 자극시키지 마시죠. 감히 전권 사령관을 협박하십니까!"

카온의 검에서 오라가 타올랐다.

이번에 헛소리를 한 번 더했다가는 정말 벨 것이다.

'그럼, 나야 손쉽지.'

제국에 피가 흐르며 사방에서 쳐들어오는 적을 겨우 막아 낼 바에는 이 자리에서 끝장을 내버리는 것이 나을 수도 있었다.

하지만 2황자도 그 정도로 머저리는 아니었다.

딱 한계에 서 있는 정도에서 카온의 속을 긁으려는 의도였다.

"돌아간다."

2황자는 그대로 몸을 돌렸다.

"쯧."

카온은 혀를 한 번 찼다.

수틀린 관계였기에 이 정도면 양호한 수준이었지만 앞으로 소모될 감정싸움을 생각하면 벌써부터 머리가 지끈거렸기 때문이다.

'제국이 결딴나지 않기 위해서는 황제의 후계자 지정이 필요하다. 그 후에는 하나씩 2황자 세력을 숙청한다.'

카온의 머리에 계획이 섰다.

변수라면 작가의 농간이었다.

놈 때문에 난이도가 두 배는 올라간 느낌이었다.

화가 가라앉은 카온은 휘하 기사들에게 명령했다.

"전쟁은 끝났다. 정리해라!"

"전하, 아직도 그라칼 백작이 분전 중입니다."

"체스터 경, 칼라인 경!"

"예, 전하!"

"하명하시지요."

"가서 그라칼 백작을 잡아와라. 반항하면 죽여도 좋다."

"명에 따릅니다!"

카온의 명령이 떨어지는 순간, 체스터 경과 백작의 눈이 반짝였다.

전체적인 공은 카온이 갖겠지만, 적 수괴를 잡았다는 공은 무시하지 못한다.

잡기만 하면 전공은 따 놓은 당상이었다.

서걱! 서걱!

푸하학!

피륙이 비산했다.

그라칼 백작의 온몸은 피투성이였다.

포위가 된 순간부터 예상은 했다.

벌써 반 이상의 병력이 적에게 항복한 참이다.

반란에 참여한 기사들도, 병사들도 힘을 잃긴 마찬가지였다. 귀족들은 먼저 투항하기도 했다.

'어쩌다 상황이 이렇게 됐지?'

충분히 성공할 수 있었던 혁명이다.

단순한 내전이 아닌 역성혁명이 성공할 수 있다고 여겼던 것은 그만큼 제국 내부가 썩어 있었기 때문이다.

처음 민란이 일어났을 때도 그라칼 백작은 쉽게 진압할 수 있었다.

제후들이 날뛰니 민란이 일어난 것인데, 그 규모가 크지 않아 통제는 가능한 일이었다.

그러나 그라칼은 그리하지 않았다.

병신 같은 제국을 갈아엎고자 하는 마음.

민의를 내세웠으나 가문을 반석 위에 올리고, 신왕국의 초대 국왕이 되고자 하는 야심이었다.

오늘까지만 해도 희망에 부풀었으나.

'남부 사령관의 배신!'

뼈아팠다.

마스터 급의 변경백이 참전해 주면 최소한 제국 중남부부터는 쭉 갈라질 줄 알았다.

설마하니 백작이 3황자의 편으로 돌아설 것이라고는 상상도 못 했던 것이다.

"비켜라!"

잠깐 한눈을 파는 사이에, 멀리서 미친 듯이 아군을 베어 넘기며 접근하는 자들이 있었다.

"체스터! 그라칼!?"

마스터 둘이 기사단을 대동하고 아군의 배를 째며 들어오고 있었다.

사기가 떨어질 대로 떨어진 아군은 그들을 막지 못했다.

마침내.

쾅!

체스터 경의 검이 그라칼의 어깨를 베어 버렸다.

"아아악!"

그것도 모자라 배신자 칼라인 백작의 검이 나머지 어깨도 벴다.

졸지에 그의 팔이 몽땅 사라졌던 것이다.

털썩.

쓰러지는 그라칼.

이 와중에 두 마스터는 서로의 공을 두고 다투었다.

"내가 먼저 베었소!"

"무슨 소리? 여기까지 오는 동안 내가 더 많이 죽이지 않았나!"

"작위가 높다고 너무한 것 아니오?"

"꼬우면 작위 받던지."

"……."

그라칼은 애들같이 다투는 두 마스터의 싸움을 듣다 기절했다.

쿵!
카온의 눈앞에 반군 수괴가 무릎 꿇렸다.
그런데 그 상태가 몹시 좋지 않았다.
포션과 신성 마법으로 어떻게든 목숨은 붙여 놓았으나 양쪽 팔이 없었다.
왼팔은 체스터 경이, 오른팔은 칼라인 백작이 벴다고 한다.
그러고는 지금까지 공을 두고 다투었단다.
"쯧. 그만 싸워라!"
"황공하옵니다."
"허험, 죄송합니다."
"애들도 아니고 뭐 하는 짓이냐. 양쪽의 공로는 그대로 작성해 올리겠다. 설마 폐하의 판결에 반대하지는 않겠지?"
"그럴 리가 있겠습니까?"
"사실대로 장계를 올린다면 불만은 없습니다."
"자, 그럼 악수해라."
"끄응."
"해."
체스터와 칼라인은 어색하게 악수했다.
'내가 깜빡했다. 마스터들의 사이가 썩 좋지 않다는 것을.'

카온이 마스터가 되기 전, 그러니까 체스터가 활동하던 시절의 제국에는 3명의 마스터가 있었다.

그들은 서로를 견제하기도 했고, 만나기만 하면 으르렁거렸다. 체스터 경과 칼라인 백작이 싸운 것도 그런 유치한 말다툼에서 시작됐다고 한다.

카온은 그라칼은 안중에도 없다는 듯 마스터들을 다독였다.

"우리는 같은 제국인 아닌가. 마스터들이 싸우면 균열이 간다. 같은 검의 길을 걷는 자들로서 기사들 보기에 부끄럽지도 않나."

"……."

두 마스터는 궁색한 변명을 늘어놓지 않았다.

해탈 직전에 이르러 인간계로 돌아온, 어쩌면 반쯤 신선과 같은 존재들이 애들같이 싸웠다는 것도 자존심 구기는 일이었다.

기사들은 몰라도 마스터들은 안다.

깨달음이 무엇인지.

"경들은 모두 나를 지지하는 마스터들이다. 맞나."

"물론입니다, 주군."

"예, 전하."

"그러니 이쯤하고 반군에 대한 처결을 내리자."

"예."

이제야 평화로워졌다.

카온은 그라칼 백작을 내려다봤다.

놈은 무릎 꿇려 있었다.

"그라칼, 알 만한 놈이 왜 반역을 했나."

"제국은 썩었고, 백성들은 도탄에 빠졌다! 제대로 된 귀족으로서……!"

퍼어억!

"끄아악!"

카온은 냅다 놈의 이빨을 털어 버렸다.

피가 줄줄 흐르며 강냉이가 바닥으로 우수수 떨어졌다.

"반란군 새끼들의 명분은 하나같군. 좀 신박한 것 없냐? 그런 말을 누가 못 하나."

"그건 사실이다……! 쿨럭!"

"제국이 썩었다고? 그건 네놈 같은 제후들이 제국을 좀먹고 있기 때문이다. 황실은 제대로 하고 있다. 그럼에도 제후들은 필요 이상의 세금을 걷고 배를 불렸지. 그따위 명분은 기만일 수밖에 없다. 민란이 일어났다면 진압한 후, 달랠 생각을 해야지 그걸 이용해 제국을 집어삼키려 하다니. 모두 말장난일 뿐이다."

"그건 어쩔 수……"

꽈직!

"아아악!"

카온은 놈이 반발할 시간을 주지 않았다.

황가를 타도하고 호기롭게 일어나려 했다는 명분을 분쇄기로 갈아 버리고, 민란을 이용해 왕국 하나 세워 보고자 했던 탐욕가로 까 내렸다.

만약 헛소리를 하려 하면?

방금처럼 대차게 털어 버린다.

이렇게 해도 누가 뭐라고 할 사람은 없었다.

판결(?)은 끝났다.

카온의 재량으로 이들의 혁명은 개새끼들이나 저지르는 뻘짓으로 내려쳤다. 황실에서도 그와 같은 판결을 이미 내렸으니, 반역에 참여한 놈들의 운명은 비슷할 것이다.

가문만 멸문할지, 방계까지 죄다 숙청해 버릴지는 황제의 판단에 달렸다.

"수뇌부를 모조리 수도로 압송하라!"

"예, 전하!"

우선, 살아남은 반군 고위 귀족들은 황제에게 선물로 바친다.

후처리 역시 황실의 훈령을 받아 처리할 것이다.

카온의 독단으로 처리하는 것보다는 황제의 명령에 따르는 것이 더 좋은 그림이었기 때문이다.

이제 남은 것은 보상이었다.

제국이 박살 날 뻔한 상황에서 구한 공로가 있으니, 그 보상이 섭섭지는 않을 거다.

현재 제국 중앙 정계는 엉망진창이었다.

 황태자는 더 이상 깨어날 기미가 보이지 않았으며, 수석 신관은 마음의 준비를 하라며 공식적으로 통보해 왔다.

 기적을 바라는 랭파인 공작이 황태자의 생명을 강제로 붙들고 있을 뿐이었기에, 머지않아 그는 사망할 것이다.

 황태자 문제만 해도 엄청난 파란을 예고하고 있었는데, 제국이 동강 날지도 모른다는 공포감이 정계로 번져 나가고 있었다.

 황제는 3황자의 서신을 통해 남부군이 반군 토벌에 합류했음을 알고 있었다. 그러나 정계에는 그 사실을 공표하지 않았다.

 이는 3황자의 제안에 따른 것이었다.

[아바마마, 생각보다 제국 내에는 황실이 무너지길 바라는 놈이 많습니다. 소자가 기필코 적을 토벌할 것이니, 승전보가 올라가기 전까지라도 발표를 미루어 주실 수 있겠습니까?]

황제는 3황자의 말이 타당하다고 생각했다.
황가도 일개 가문에서 출발했다.
건국 황제라는 걸출한 인물이 나왔으나 오랫동안 존속한 가문이었으며, 그 가문이 무너지지 않길 바라는 것은 모든 가주들의 꿈이었다.
내부 첩자를 의심하는 황자의 밀서.
'후계자가 정해지기 전까지는 내가 흔들리지 않고 잡아주어야 한다.'
아직 황제는 누굴 후계자로 내세워야 할지 명확하게 결정하지 않았다.
황제의 자질은 단순히 전쟁만 잘한다고 판단할 수 있는 것이 아니었기 때문이다.
어쨌든, 3황자의 말에는 동의하였기에 가만히 상황을 두고 보는 것이다.
"폐하! 당장 추가 파병을 결정해야 하옵니다!"
"아닙니다. 상황을 지켜봐야 합니다."
갈레스 후작의 말을 바이스 후작이 격렬하게 반박했다.

갈레스를 위시한 2황자 파벌이 들고일어났으나, 바이스 후작을 따르는 귀족들도 목에 핏대를 세웠다.

3황자가 마스터에 오르고 휘하에 체스터 경을 두었다는 이유만으로도 파벌에 가입하는 인사들이 많아졌다.

많은 사람이 두 파벌의 싸움을 지켜보고 있었다.

싸움을 중재하거나 뭔가 결정을 해야 하는 황제는 그저 무심한 얼굴로 지켜보고 있을 뿐이었다.

그리고 마침내.

"폐하! 반군이 토벌됐습니다!"

"뭣!?"

추가 편성을 주야장천으로 주장하던 갈레스 후작은 말 그대로 소태 씹은 얼굴이 됐다.

2황자 파벌 모두가 입을 닫쳤다.

바이스 후작은 만족스러운 표정으로 물러났다.

후작이 지금껏 2황자 파벌이라는 거대 세력을 앞에 두고 용감하게 나설 수 있었던 것은 모두 3황자의 밀서 때문이었다.

[외할아버지, 남부군이 제 손에 있으니 이 전쟁은 반드시 승리합니다. 파벌 형성에 박차를 가해 주십시오.]

그때부터 바이스 후작은 은밀하게 손을 써 자신의 힘이

미치는 귀족들에게 접근했다.

반응을 떠보고 넘어왔다 싶으면 기밀을 풀어 가담시켰다.

아직 2황자 파벌에 비하면 조족지혈이었으나 전쟁에서 승리한다면, 거대 파벌의 탄생은 예고된 것이나 마찬가지였다.

정보부 수장은 바로 장계를 황제에게 올렸다.

"읽어라."

"아, 예."

황제가 궁정 귀족 하나에게 명했고, 그는 목소리를 가다듬었다.

"남부군과는 진즉에 이야기가 되었사오며, 칼라인 백작과 함께 적의 후방을 타격하였사옵니다. 주동자들은 일단 수도로 압송하게 하였으며, 나머지 반역자들에 대한 처우는 훈령을 받아 처리할 예정입니다."

여러 미사여구가 섞여 있긴 했지만, 한마디로 승리했다는 뜻이다.

2황자 파벌은 풍이라도 맞은 듯 몸을 떨어 댔다.

'이대로라면 3황자 파벌이 너무 커진다!'

그들은 위기감을 느꼈다.

가뜩이나 3황자 파벌의 덩치가 커지고 있었으며 황태자가 죽어 나가는 순간, 랭파인 공작이 어떤 결정을 내릴지 몰랐다.

어떻게든 꼬투리를 잡아야 했다.

"폐하! 반란을 일으킨 남부군의 손을 잡다니요? 이것이야말로 반역 아니옵니까?"

"짐이 허가했다."

"예!?"

"기밀이 왜 기밀인가? 그만큼 중요한 정보이기 때문이다. 남부군이 합류한다고 광고했다면 적들은 그에 대비를 할 터. 3황자는 짐에게 미리 서신을 띄웠고 그에 대한 답을 주었다. 그게 반역인가?"

"그, 그렇지 않습니다."

갈레스 후작은 고개를 숙이며 찌그러졌다.

군사적으로 보면 타당한 이야기였다.

남부군이 반역을 일으킬 것처럼 밀고 올라가는 동시에 적을 기만한다.

그리고 후방을 찔러 결국 반군을 무너뜨린 것이다.

갈레스 후작은 3황자의 한 수에 몸이 떨리는 것을 느꼈다.

'단순히 검만 잘 쓰는 것이 아니라 군략부터 정치에 이르기까지, 못 하는 것이 없군. 총력을 기울여야 한다.'

진정한 경각심이었다.

시간이 흐르면 자신들이 모조리 숙청당할지도 모른다는

위기를 느끼고 있었다.

황제는 간만에 흡족하게 웃었다.

"3황자에게 전하라. 반역에 참여한 가주들은 수도로 압송하고 그 일가는 멸문하라고. 놈들과 황가의 계약은 해지되었으니 가산과 영지를 적몰한다. 직계 가족 중 남성은 참수하고, 여자는 노예로 삼는다. 기사 급은 사상에 따라 참수, 혹은 노예로 강등시키거나 3황자가 알아서 처리하도록 한다. 병사들도 마찬가지다."

"……!"

정계에 파문이 일었다.

'너무 폭넓은 권한 아닌가?'

'잠시 군정을 하라는 뜻이나 다름없는데.'

여기까지는 2황자도 관여할 수 없었다.

황제의 뜻에 반대하는 것은 이 서슬 퍼런 정국에 파벌을 전부 날려 버리는 짓이나 다름없었으니까.

그때, 바이스 후작이 당당하게 앞으로 나왔다.

"폐하! 3황자께서는 구국의 영웅이 되었습니다. 그에 대한 상을 구체화하는 것이 어떠신지요?"

"그래야지."

그렇지 않아도 황제는 3황자가 승리하였을 '경우'를 가정해 어떤 상이 적합한지 토론하게 하였다.

그걸 구체화하겠다는 것이다.

바이스 후작이 한쪽 무릎을 꿇고 외쳤다.

"폐하! 대공을 세운 3황자께 반군 세력의 영지 일부를 내리시는 것이 가할 줄 아옵니다!"

"결단을 내려 주시옵소서!"

갑자기 여러 중립 귀족들이 무릎을 꿇고 외쳤다.

갈레스 후작은 이마를 탁 쳤다.

'이 새끼들! 기회만 엿보고 있었구나!'

갈레스 후작도 가만히 있을 수는 없었다.

"폐하! 반군 영지는 그 자체만으로도 위협이옵니다! 황가에서 직접 다스리는 것이 가한 줄 아옵니다!"

"결단을 내려 주시옵소서!"

황제는 가만히 두 파벌의 싸움을 지켜봤다.

보급 사령부 집무실.

바이스 후작은 야밤에도 미래를 설계하느라 잠들지 못하고 있었다.

과중한 업무 때문이 아니라 가문의 미래와 3황자 세력을 어떤 식으로 늘려야 할지 고심했기 때문이다.

"토벌을 정말로 성공하시다니."

바이스 후작은 오늘 일을 겪고도 믿지 못하겠다는 표정이었다.

모든 일이 3황자가 예상한 대로 됐다.

이제 망나니 황자는 없다.

제국 모두가 인정하는 사실이었다.

오늘 후작이 주장한 내용은 모두 3황자의 머리에서 나온 것이었으니 참으로 기가 막힐 노릇이었다.

"그 뻣뻣한 2황자 딸랑이들이 자발적으로 북부에 영지를 내리자고 주장하다니."

애초에 3황자는 제국 중부의 영지를 받을 생각이 없었다.

그 살벌한 격전지에 영지가 있다고 제대로 다스릴 수 있을지 의문이었고, 세력이 쪼개지는 것 역시 원치 않았다.

그러나 2황자의 입장에서는 그게 아닐 것이다.

제국 한복판에 3황자의 영지가 생기면 그 자체만으로도 2황자 파벌을 압박할 수 있었으니까.

바이스 후작은 3황자의 서신을 떠올렸다.

[외할아버지, 이게 바로 언론 플레이라는 겁니다.]

여론을 이용해 적을 압박하고 자신이 원하는 것을 취하는 방식.

정치적으로 많이 사용되는 방법이었지만, 3황자는 아예 이런 모략에 정통한 것으로 보였다.

만약 3황자가 적이었다면 매우 위협적이었을 것이다.

"내게는 천운이요, 갈레스 후작에게는 악운이지."

황궁에서 난리가 난 만큼 카온도 바쁘게 하루하루를 보내고 있었다.

황제는 반역자들을 어찌 처리해야 할지 훈령을 내렸다.

반역 가문의 가주들은 압송하고 일가는 처형하되, 여자는 노예로 삼는다.

기사단은 해체하고 사상을 분류한 후 폐기, 혹은 카온에게 귀속하기로 했다.

황제는 반군 병사들까지 알아서 처리하라고 지시하였는데, 사실 그들을 모두 집어삼키기에는 무리가 따랐다.

그 많은 병력을 삼키면 이제 황실 직영지가 된 반군 영지들이 제대로 돌아갈 수 있을 리 없었다.

'적당히 먹고 재배치하라는 뜻이겠지.'

원래 반란은 병사들과 크게 상관이 없었다.

귀족들은 자신들이야말로 정의로운 세력이며, 3황자가 반란을 꾸며 쳐들어오고 있으니 막아야 한다는 식으로 정보를 왜곡했다.

정보 자체를 흐지부지 호도해 버리는 행위도 서슴지 않았으니 병사들은 정말로 그런 줄 알았을 터다.

사상 검증은 해야겠지만, 대부분은 속아 검을 잡은 경우가 많았으므로 그들에게는 관대한 처분이 내려졌다.

'딱 3만만 먹자.'

마지막 전투에서 적 사상자는 3만에 달했다.

그래도 12만 정도는 남았으니, 그중 3만을 먹는다고 크게 탈이 날 것 같지 않았다.

3만의 병력이 북방으로 올라가면, 그 가족들도 함께 가야 하는 것이니 인구가 증가하는 효과도 있었다.

반군 영지와 재산은 예상대로 황가에 귀속됐다.

본래 봉건제라는 체제는 법적으로 황제의 땅을 귀족들에게 임시 통치하게 하는 행위였다.

황제가 봉신들에게 영토를 조각내 나누어 주면, 그 봉신의 봉신들에게 영토가 또 넘어가는 구조다.

지금에 이르러서는 그 폐단을 이루 말할 수가 없어, 이대로 황실 직영지로 관리하게 하는 것이 최선의 선택이었다.

"주군, 북방에서 서신이 도착했습니다."

"북방에서?"

"엘프 문제입니다."

보고하는 미첼의 표정이 별로 좋지 않았다.

평소였다면 농담도 하고 그랬을 텐데, 무슨 변고가 발생한 것 아닌가 싶었다.

'아무런 느낌이 없는 것을 보면 작가의 농간은 아닌 것 같고.'

그럼 괜찮다.

순리대로 일을 처리하면 되었으니까.

그러나 서신을 읽던 카온의 표정은 썩어 들어갔다.

"이 새끼들이 미친 것 아닌가?"

"저도 이해가 잘 안 됩니다."

북방을 대리 통치하는 롬멜 경은 카온의 명령대로 엘프 왕국을 집어삼키려 했다.

작가의 농간으로 눈깔이 뒤집히고, 카온과 체스터 경이 무력시위를 한 결과, 중부 타마라 놈들은 엘프들을 잡아 노예로 삼으려 계획했다.

롬멜 경은 엘프 왕국 근처에 대기하고 있다가 중부 타마라 놈들이 움직이면 바로 엘프들을 낚아 데려오려 하였는데, 여기서 문제가 발생했다.

"대체 왜 거부를 한다는 건가?"

"고작 인간 따위에게 귀속돼서는 안 된다는 장로들의 압박이 있었다는데……. 솔직히 제정신인가 싶습니다. 자존심이 목숨을 살려 주는 것도 아니고."

"장로새끼들을 다 죽일 수는 없나?"

"그건 좀……."

미첼은 식은땀을 뻘뻘 흘렸다.

카온이라면 정말로 엘프 장로들을 족치고 남을 것 같았기 때문이다.

그랬다가는 엘프들의 반발심만 살 것이다.

"주군, 일이 꼬인 것 같은데, 어쩌죠?"

한참 생각하던 카온은 결정을 내렸다.

"체스터 경을 불러라."

"어쩌시게요?"

"이 꼴통 새끼들을 상대하려면 신사적인 방법으로는 안 된다. 상식에서 벗어난 행동을 하면, 우리도 꼴통 짓을 해야 하지 않겠나?"

포로 분류 작업을 하던 체스터 경이 호출되었다.

그는 카온의 명령을 받고 아연실색했다.

"예!? 아예 병력을 이끌고 엘프 왕국으로 쳐들어가라는 말입니까?"

"아니다. 압박만 하라는 거지."

"주군께서 이런 명령을 내리시는 데는 그만한 이유가 있으리라 생각합니다."

"맞다."

측근들 사이에서도 카온에 대한 평가가 변하고 있었다.

예전에는 약간의 의구심을 가지고 있었다면, 지금은 이해할 수 없는 명령을 내려도 이유가 있을 것이라고 생각했다.

이는 매우 긍정적인 변화였다.

"엘프 놈들의 정신 상태가 썩었다는 것은 알고 있었다. 하지만 이 정도일 줄은 몰랐지."

"확실히 나사 빠진 놈들이긴 합니다. 야만인이 자신들을 납치해 노예로 쓰려 한다는 사실을 인지하고도 제국으로 넘어오길 거부한다니……. 같잖은 자존심이라고 봐야겠지요."

"나는 문명인으로서 그들에게 혜택을 제공하고자 했다. 폭넓은 자유와 제국이라는 울타리에서 보호하려는 것이었다. 하나 그들은 거부했다. 놈들이 야만인에게 잡혀 가면 어떤 결과가 나오겠나?"

"우리를 치는 무기를 생산할 것이 뻔하기에 적의 수중에 들어갈 바에는 몰살시키는 편이 이롭습니다."

"맞다."

정확하게 말하면 북방의 이익에 근거한 명분이었다.

지금도 야만인들은 발전하고 있었다.

엘프 노예로부터 야금술을 배워 철광석을 녹였으며, 청동기와 철기를 섞어 사용하는 사례가 늘어나는 중이었다.

이 자체만으로도 아군에는 위협이 된다.

철기와 여러 무기로 무장한 야만인이 남하하면 어려운 싸움이 예상됨과 동시에 북방인이 죽는다.

북방은 곧 카온의 세력이라 할 수 있었기에 이를 좌시할 수 없는 것이다.

문제는 이뿐만이 아니다.

"잘못하면 제국의 국경이 뚫려 내륙이 약탈당할 수도 있음이지요."

"그러니 명분은 충분하다."

카온은 세세하게 엘프를 치는 타당성을 설명했다.

누가 들어도 쉽게 이해할 수 있게끔 말이다.

갖지 못할 것이라면 부숴 버린다.

그것이 참사를 막을 수 있는 유일한 수단이었다.

"군대를 동원해 압박하면 엘프들은 양면에서 적을 맞게 되는 것이겠지요. 저희가 실제로 움직이지 않는다고 해도 말입니다. 다만, 이런 식으로 엘프를 잡아 온다면 사기가 떨어지고 문제가 많이 발생할 겁니다."

"그건 지배자들의 생각이고, 엘프 백성들도 그럴까?"

"그들은 다르다는 말씀입니까?"

"그렇다."

카온은 확신할 수 있었다.

엘프들이라고 전부 고귀할까?

여왕과 장로들이 지배 계층이라 그 뜻을 따르는 것뿐이지만, 엘프 왕국 내부에서도 반발의 목소리가 거셌다.

인간에게 굴종하느냐, 야만인의 노예가 되어 평생 착취를 당하느냐를 선택한다면 전자일 수밖에 없다.

"그들이 끝까지 거부하면 어찌할까요?"

"야만인들이 잡아가기 전에 반대하는 자들을 죽이는 수밖에. 나머지를 우리 백성으로 받아들여야겠지."

"최선의 방법입니다."

체스터 경은 카온의 말을 모두 이해했다.

"가능하면 빠르게 올라가라. 롬멜 경에게 미리 연락해 군대를 엘프 왕국 쪽으로 배치하게 하였다. 도착하는 즉시 경이 이끌도록."

"예, 주군."

체스터 경은 고개를 숙이며 물러났다.

그는 맡고 있던 일을 미첼 경에게 인계한 후, 소수의 기사들만 동원한 채 북방으로 향했다.

체스터 경이 올라간 후에도 카온은 쉬지 않았다.

황제의 명령대로 봉신 계약 해지부터 들어갔다.

법적으로 영지란, 황제가 제후에게 맡긴 것일 뿐이다

자동으로 계약이 갱신되기에 대대로 영지가 후대로 물려 내려가고 있었으나, 원칙적으로는 황제가 영지를 거둔다고 해도 문제가 없었다.

반란이 일어났으니 당연히 황실 직할령으로 편입한다.

반란에 가담했던 세력의 영주들은 모조리 잡혀 갔다.

그들은 수도에서 심문(?)을 받은 후 처형될 예정이었다.

가문 직계 남성들은 모조리 참수됐으며, 여자들은 노예로 만들어 배분했다. 가산은 적몰함이 타당했다.

그 과정에서 카온은 30%를 챙겨 전쟁에 참전한 영주들과 병사들에게 배분했다.

수고비 명목으로 뗀 30% 중에서 3할을 카온이 가져갔으니, 이번 원정으로 상당한 이익을 보게 된 것이다.

"이 새끼들, 돈이 정말 많습니다. 우리가 챙긴 돈만 500만 골드쯤 돼요."

"그렇게 많나?"

"털면 더 나오긴 하겠는데, 아무래도 황실의 눈치 때문에……."

미첼 경이 말끝을 흐렸다.

그의 말이 맞다.

전쟁에 참전한 자들에게 보상을 하고 이미 많은 전리품을 챙겼으니, 더 이상 해 먹으려 한다면 체할 수 있었다.

뭐든 적당히 해야 뒤탈이 없는 법이다.

지금 카온이 하는 일도 어디까지나 관례에 따른 것이지, 법적으로 따지면 불법이었다.

2황자 세력이 눈을 시퍼렇게 뜨고 있으니 괜히 문제를 만들어 좋을 것은 없었다.

한곳을 털면 다음 영지로 이동한다.

워낙 많은 놈들이 반란에 참전하는 바람에 카온 혼자서 처리하기에는 힘들어 병력을 몇 개로 나누어야만 했다.

"돈 문제는 이렇게 마무리하고, 적 기사들은 어찌됐나?"

"반항적인 놈들은 모조리 처형했습니다."

심하게 반항적인 인간들은 추후에 문제를 만들 소지가

있었다.

반역자의 처리 문제는 깔끔해야 뒤탈이 없다.

이런저런 경로를 통해 정보를 모으고 심문도 하여 교화할 수 있다면 카온이 거둔다.

하지만 조금이라도 문제를 만들어 낼 것 같으면 노예로 만들어 광산에 처박기로 했다.

그 과정에서 마나 홀은?

당연히 파괴한다.

카온은 기사들의 마나 홀이 파괴되는 과정을 굳이 숨기지 않았다.

"뭐든 하겠습니다! 제발 마나 홀만큼은……!"

꽈직!

"끄아아악!"

마나 홀은 기사가 파괴한다.

그것도 한때 동료였던 자들이 직접 손을 쓰게 하였으니, 앞으로 카온의 휘하 기사가 된 자들은 고향으로 돌아갈 수 없었다.

얄짤없이 가문의 사람을 데리고 북방으로 가야 살아남을 수 있는 것이다.

이걸 버틸 수 있는 자들만 카온의 기사가 됐다.

'가문이 망하는 것보다는 낫다.'

'이번 세대는 아니더라도 다음 세대에는 전하의 휘하에

서 영지를 받을 수도 있겠지.'

가문 우선주의.

생각보다 이런 사상이 많은 도움이 됐다.

주군에게 충성하고 기사도를 중시한다?

그 말도 맞지만 가문을 우선하는 것이 이 시대의 흐름이었다.

실제 중세가 어떤지 카온으로선 알 수 없지만, 이 세계관에서는 원작의 설정이 곧 법이다.

"대충 처리가 끝났나?"

"이제 기다리시면 됩니다."

명령은 모두 내렸다.

반역자를 처리하고 내부를 단속하며 반군 지역에서 챙겨 먹을 것도 전부 챙겼다는 뜻이다.

카온은 황제가 내린 명령을 성실히 수행했다.

카온 마이어스 3황자.

그 이름은 제국 중남부 지역에 확실하게 각인되었다.

전투도 전투였지만, 한 치의 오차도 없이 황실의 명령을 받아 전후 처리에 나섰기에 별다른 잡음이 없었다.

그는 마스터임과 동시에 전략가였으며, 행정가이기도 했다.

실로 황제가 되기에 충분한 왕제였다.

뿌리 깊게 박혀 있던 카온에 대한 소문은 완전히 뒤바뀌었다.

전후 처리가 거의 끝나 갈 무렵, 중앙군도, 반군의 편도 들지 않았던 이 주변 영주들은 자신들에게 어떤 처벌이 내려질까 벌벌 떨었다.

"반역에 참전했던 대귀족들의 봉신 가문도 축출됐답니다."

"봉신 가문들이 축출돼?"

"폐하의 뜻이었습니다."

"허어."

중소 귀족들은 매일같이 회동했다.

3황자가 황명으로 서슬 퍼런 칼을 휘두르고 있었으니, 마지막에는 그 칼이 자신들을 도려낼지 모른다고 여겼던 것이다.

중남부 중립 귀족들 중에서는 가장 큰 권력을 쥐고 있는 가플란 백작이 입을 열었다.

"그러게 3황자께 베팅하라니까."

"그거야……."

가플란 백작의 압박에 중소 귀족들은 고개를 푹 숙였다.

물론, 이렇게 말하는 가플란 백작도 내심 가슴을 쓸어내리는 중이었다.

그래도 파트너라고 카온 3황자가 사전에 서신을 보내 줬기에 확실히 중앙군을 지원해 유프란스 연합에는 아무런 피해가 없었다.

[나는 남부군을 손에 넣었다. 그게 무슨 뜻인지 경은 알고 있으리라 믿는다.]

3황자가 유프란스 연합을 정치적으로 챙겨 준 것이다.
반란은 3황자와 2황자의 싸움이 아니었다.
황실과 반군의 싸움.
전쟁이 터졌을 때만 해도 중남부에 자리 잡고 있던 유프란스 연합은 꽤나 난감한 상황이었는데, 3황자의 서신이 도착하는 바람에 포지션을 확실하게 잡을 수 있었다.
그 서신을 받는 즉시 가플란 백작은 중소 영주들을 압박해 중앙군을 지원하라 닦달했다.
그럼에도 이들은 중립을 지켰다.
나라가 뒤집힐 수도 있다고 생각했기 때문이다.
결과적으로는 중앙군이 적을 압도했다.
마스터가 셋이나 동원됐으니, 그들이 손쉽게 쓸리는 것도 당연한 일이었다.
상황이 그들의 뜻대로 흐르지 않자, 중립을 지키고 있던 귀족의 발등에 불이 떨어졌다.
그들은 대책 회의를 하는 동시에 유일하게 중앙군을 지

원했던 유프란스 연합 귀족들을 초대해 바짓가랑이를 붙들고 늘어졌다.

"각하! 제발 도와주십시오!"

"어허, 이제 와서 그게 무슨 말인가? 나는 분명 경고했다. 황실이 그리 쉽게 무너지지 않는다고."

"저희는 몰랐습니다. 만약 황실 편을 들었다가 무너지면 그때는 목이 달아났을 겁니다."

"정치에 발을 담갔다는 것은 그런 의미일세. 몰랐나?"

줄을 잘못 타면 죽는다.

제후들이 자신의 영지에서는 왕처럼 군림한다고 해도, 거대한 파도에 잘못 편승하면 가문 전체가 축출된다.

이건 귀족으로 태어난 숙명이었다.

"그래도 각하께서는 방법을 알지 않으십니까?"

"내가 뭐라고 방법을 알겠나?"

"3황자 전하의 측근이지 않습니까!"

"허허."

'벌써 소문이 이렇게 났나.'

유프란스 연합은 장사를 하기 위해서라도 중립을 유지해야 하는 운명이었다.

그러나 내전이 터지다 보니 중앙군을 지원할 수밖에 없었는데, 소문이 이런 식으로 왜곡된 것이다.

'여기서 발뺌하면 상황이 난처해진다.'

귀족들은 이제 3황자의 승리에 베팅하는 자들이 많아질 것이다.

2황자 세력에 비해서는 한없이 약한 파벌이었으나, 황제의 재목으로서 확실하게 능력을 보여 주었으니 중앙 귀족들이 움직일 터다.

지방의 귀족들도 3황자를 따르는 자들이 많아질 것이고, 대규모 내전을 승리로 이끈 공으로 상당한 땅을 얻을 것도 확실해졌다.

2황자 파벌이 추후 완전히 숙청된다는 것을 전제로 하면 이참에 3황자 파벌로 포지션을 굳히는 것도 나쁘지 않았다.

'도도하게 흐르는 유프란스 강을 한 손으로 막을 수 있나. 그럴 수 없지.'

대세와는 상관없이 유프란스 연합이 3황자 파벌로 '인식' 된다는 것이 문제였다.

실제로 그들은 북방과 계약을 맺고, 람파스 상단이 뻗어 나갈 수 있도록 돕고 있었으니 그런 인식은 거세게 퍼질 터였다.

3황자는 이러한 흐름을 예측하고 그에게 명령을 내렸으니 기가 막힐 노릇이었다.

"방법이 없는 것은 아니다."

"저희가 어쩌면 좋겠습니까!?"

"북방에는 늘 사람이 부족하지."

"……."

"나라의 안위를 위해 성의를 보이게."

카온의 서슬 퍼런 숙청이 이어지고 있었다.

반역에 참여했던 대귀족의 봉신들이 찾아와 뇌물을 바치기 시작하였으니, 더욱 경각심이 일어날 지경이었다.

"이 반역도들이 감히 전권을 가진 황자를 매수하려 해!? 너희가 정녕 미쳤구나!"

"저, 전하! 저희는 그럴 의도가 없었습니다!"

대귀족 봉신들은 형장으로 끌려가며 비명을 질러 댔다.

카온은 자비가 전혀 없었다.

'내가 미쳤다고 뇌물을 받고 너희를 풀어 주냐!? 중앙 귀족들이 호구도 아니고.'

황제로부터 전권을 받아 휘두른다는 것은 그만큼 흠 잡힐 일이 많다는 뜻이기도 했다.

반역자들의 가산을 적몰하는 과정에서야 관행적으로 고생한 영주들과 기사, 병사들에게 전리품을 안겨 주었지만, 뇌물을 받는 것은 전혀 다른 문제였다.

카온은 아예 그런 놈들을 싹 엮어 공개적으로 처형해 버렸다.

"다들 잘 들어라! 반역에 연관된 놈들과는 어떤 협상도 없다. 노예로 떨어지면 족할 것을 목을 들이밀겠다면 말리지 않겠다. 하지만 그 결과가 어찌 되는지는 알아야 할 것이다."

"전하! 살려 주십시오!"

"제발……! 가문만은……!"

"집행하라!"

뇌물로써 가문을 살리고자 했던 자들은 아예 몰살당했다.

2황자 놈은 수도로 돌아갔지만, 여전히 그 떨거지들이 남아 눈을 부라리고 있는 이상, 강하게 나갈 수밖에 없는 것이다.

"후우."

집행을 마친 카온은 막사로 돌아왔다.

어떻게 된 놈들이 엮기 시작했더니 굴비가 따로 없었다.

두름 엮듯이 질질 끌려왔으니 손에 피가 마를 날이 없었다.

아무리 반역자를 처형하는 과정이라지만, 심리적으로 상당한 압박이 올 수밖에 없었다.

"전하! 소인 가플란이옵니다."

"가플란 백작, 보고할 일이 있나."

"중립을 지키던 자들이 할 말이 있다고 합니다."

"데려와라."

카온은 지친 모습에서 자세를 바로 했다.

이번 기회에 확실히 이 지역에 3황자의 능력을 보여 줄 터였다.

찔러도 피 한 방울 나지 않는다는 인식을 심어 줄 필요가 있었다.

십여 명의 귀족들이 다 썩어 가는 얼굴로 들어왔다.

분명히 병사들이 끌고 온 것은 아니었는데, 형장으로 걸어 들어가는 자들과 다를 바 없는 표정이었다.

'조금이라도 잘못하면 목이 떨어진다.'

'정신 똑바로 차려야 한다.'

귀족들은 몸을 바들바들 떨면서 바닥에 머리를 박았다.

"전하! 저희들의 죄를 사해 주시옵소서!"

"나는 전지전능한 신이 아니다. 어찌 죄를 사한다는 말이냐? 고해 성사는 사제에게 해라."

쿵!

"저희는 일부러 중립을 지킨 것이 아닙니다!"

"그럼 누가 칼이라도 들고 협박하더냐?"

"가까이 있는 주먹이 법보다 무섭다지 않습니까? 자신들에게 물자를 지원하라고 하루가 멀다 하고 협박하니, 그저 거부하는 것만이 최선이었습니다!"

"그걸 지금 변명이라고 하나?"

"전하!"

'이해는 된다.'

카온이 저 상황이었더라도 중립을 지키는 것이 최선이었을 것이다.

반군이 칼 들고 협박한 것이 맞다.

법보다 가까운 주먹이 가깝다는 말도 충분히 이해할 수 있었다.

그러나 이해하는 것과 별개로, 법의 집행은 칼 같아야 했다.

중립을 지키던 귀족들도 자신들의 의무를 저버린 것이었기에 처벌하지 않을 수 없다.

"재산의 50%를 황실에 내놓고 빌어라. 그리하면 폐하께서 자비를 베푸실 수도 있지."

"하오나!"

쾅!

"이것들이 지금 내게 협상을 하려는 거냐!"

"죽여주시옵소서!"

"그럼 죽일까?"

"히이익!"

카온은 일부러 눈을 부라렸다.

지금 그의 모습은 FM의 화신이었다.

잘못 건들었다가는 가산이 모조리 적몰되고 나락으로 처박히는 것이다.

가플란 백작이 조심스럽게 입을 열었다.

"전하, 저들은 30%의 재산을 황실에 헌납하고 각자의 사정에 따라 상당한 숫자의 병력과 백성을 북방으로 보낼 것이옵니다."

"사민을 지원한다?"

"국가를 위해 야만족의 남하를 막는 것이 마땅하지 않습니까?"

"나라를 위해 힘쓴다?"

"부디 살펴 주십시오!"

가플란 백작을 비롯한 모든 귀족들이 고개를 조아렸다.

'이 새끼가 수수료를 좀 챙겼군.'

카온은 알 수 있었지만, 그걸 욕할 생각은 없었다.

가뜩이나 처리할 일도 많은데, 이런 자잘한(?) 일까지 스스로 처리했다간 제명에 살지 못할 것이다.

전후 처리를 한다는 것은 그런 의미였다.

전쟁을 하는 것보다 후처리가 더 힘들었다.

"그래, 얼마나 사민을 지원하나?"

"자작 급에서는 1만, 남작 급에서 5천입니다."

"너무 적은데?"

"구, 군대도 500에서 300명까지 지원하기에 그렇습니다."

"흠."

나쁘지 않은 조건이었다.

최소한 1만 정도는 군대가 늘어날 것이다.

현재 카온의 군대는 4만.

반군의 병력 중에서 3만을 뜯고, 제후들에게 1만을 뜯으면 총 8만의 대군이 완성된다.

그걸 유지하는 것은 또 다른 차원의 문제겠지만, 이번에 넉넉하게 전리품을 얻었으므로 향후 1~2년은 별문제가 없을 것으로 봤다.

카온은 매우 선심을 쓴다는 듯 말했다.

"황실에는 정확하게 30%의 가산을 내놓아야 할 것이다. 추후 감찰할 것이니, 조금이라도 어긋남이 있다면 기군망상의 죄로 다스린다."

"여부가 있겠습니까?"

이렇게까지 겁을 줬는데도 재산을 빼돌린다?

그때는 멸문이었다.

황제는 어떻게든 황권을 강화하기 위해 혈안이었으므로 작은 꼬투리라도 잡으면 바로 봉신 계약을 해지해 버릴 것이다.

보상과 별개로 이 중립 귀족들은 추후 새롭게 추대될 황제의 편에 설 수밖에 없었기에, 황족의 입장에서는 매우 흡족한 결과였다.

"이 정도로 성의를 보였으므로 나머지는 내가 알아서 처리한다. 편하게 영지로 돌아가도록 하라."

"예, 전하!"

이만하면 다들 알아먹었을 터다.

제국 중앙에서 행정관들이 내려와 반군 지역을 장악하려면 시간이 걸릴 것이니, 그때까지만 별 탈 없이 군정을 유지하면 됐다.

그날 밤.

카온은 피로에 지친 상태로 서류를 보고 있었다.

뭔 놈의 재산들이 이렇게 많은 것인지 그걸 분류하는 것만 해도 한 세월이었다.

그래도 적몰 자체는 끝나서 다행이다.

전쟁은 하루 만에 끝났지만 보름 동안 이러고 있으니, 하루라도 빨리 행정관들이 내려왔으면 하는 바람이었다.

"행정관 이 새끼들은 왜 이렇게 꾸물거리지?"

"폐하의 명령 아닐까요?"

"폐하의 명령?"

카온과 함께 서류 처리를 하느라 너구리 눈이 된 미첼 경이 힘겹게 말을 꺼냈다.

"폐하께서는 주군을 키워 주시기로 한 겁니다. 솔직히 2황자 세력에 비하면 체급이 딸리잖아요."

"그것도 맞는 말이긴 하지."

실제로 카온은 제국 중남부 지역에 많은 추종자를 만들었다.

한 치의 자비도 없이 일 처리를 하면서 강력한 행정 능력을 보여 준 것이 주효했다.

유화 정책?

반군이 득세했다면 몰라도 차기 황제는 자비를 보일 필요가 없었다.

반란군에게 자비를 보이는 순간, 그를 지지하려던 귀족들도 돌아설 것이 분명했기 때문이다.

두려움을 각인시키고 철혈 통치를 이어 가니, 3황자가 대세라는 생각을 심을 수 있었다.

지방은 중앙에 비해 정보가 느리게 전달되니, 2황자와 3황자의 세력 간극이 얼마나 큰지 체감하지 못할 것이다.

"이제 황태자 파벌만 끌어들일 수 있다면 게임은 끝입니다."

"게임 끝이라."

카온은 피식 웃었다.

"주군이 황제가 되시면 끝나는 것 아닙니까?"

"퍽이나."

카온은 고개를 흔들었다.

RPG 게임으로 치면 2황자 따위는 중간 보스에 불과했다.

제국의 사방에 적이 있고, 귀족들 사이에 파벌도 존재하니 숙청해야 한다.

조금만 잘못해도 내전이 터질 수 있는 상황에 변경의 적이 우글거리니 오히려 시작이라 해도 부족할 판이었다.

"내가 황제가 되는 순간부터 고생길이 열린다. 경도 그때가 되면 할 일이 많아질 것이니 각오를 단단히 하는 것이 좋아."

"설마 지금보다 고생하겠습니까? 저도 권력 좀 잡고 휘둘러보고 싶은데요?"

"그게 소원이라면."

카온은 사악하게 웃었다.

스스로 분쇄기에 갈려 나가겠다는데 마다할 이유가 있나?

미첼은 카온의 최측근이었으니, 여러 직책을 고려 중에 있었다.

내부 감찰이나 정보 등의 업무를 맡길 것이니, 카온이 정권을 잡는 순간, 잘 다져진 고기가 될 예정이었다.

"전하! 칼라인 백작이 알현을 청합니다."

"뭐 거창하게 알현씩이나. 들라고 해라!"

"전하! 어째 간만에 뵙는 것 같습니다."

"실제로 일주일 정도 아닌가?"

카온이 고생하는 만큼 휘하 귀족들도 마찬가지였다.

특히, 마스터인 칼라인 경은 체스터와 함께 반군 영지들을 진압하느라 동분서주해야만 했다.

지금도 씻을 시간이 없어 피 칠갑이 된 채로 카온을 만나러 왔다.

"일단 앉지."

"예."

여긴 전쟁터였다.

전쟁이 끝났다지만 매일 칼에 피를 묻히고 있었으니, 칼라인 경의 행색은 딱히 나무랄 요소가 없었다.

"술 하겠나?"

"좋죠."

칼라인은 술이라면 환장을 하는 인간이었다.

카온은 또 일을 해야 하기에 한잔만 마셨다.

'아예 술독에 빠지고 싶은 마음이군.'

칼라인은 몇 잔을 연거푸 마신 후, 카온에게 작별을 고했다.

"전하, 이제 반군 소굴은 모두 토벌했습니다. 저도 남부를 오래 비울 수가 없으니 아침 일찍 돌아가려 합니다."

"벌써 돌아가나?"

"사막 왕국 잡것들이 소집령을 내렸다고 합니다. 제국이 내전으로 동강이 났다는 첩보를 들은 모양인데, 제가 빨리 가서 막지 않으면 사달이 납니다."

"어쩔 수 없는 일이군."

제국은 동서남북에 각각의 적들과 국경을 맞대고 있었다.

특히 남부 지방은 사막 왕국이라는 놈들이 호시탐탐 제국의 땅을 노리고 있었으니 마스터가 빠져나가면 난장판이 되고 만다.

"이미 내전이 끝났으며 경거망동하지 말라는 서신을 날리긴 했습니다만, 사람 일이 어찌 될지 모르는 것 아니겠습니까?"

"맞다. 세상에는 별의별 미친놈들이 다 있지."

백작의 귀환이 늦어진다?

바로 작가 놈이 사막 왕국에 손을 뻗어도 할 말이 없다.

카온은 바쁘게 살아가는 와중에도 작가가 미친 짓을 할 요소들은 사전에 차단하고 있었다.

한발 앞서서 수를 생각하지 않으면 당하고 말 것이니, 백작은 바로 귀환하는 것이 맞았다.

"비록 저는 남부로 내려가지만, 전하에 대한 지지 의사를 확고히 하겠습니다. 사막 놈들만 단속하고, 지지 선언을 황궁으로 날릴 터이니, 미약하지만 힘이 되었으면 합니다."

"천군만마를 얻은 듯하다."

"다행입니다."

백작의 지지 성명은 실질적인 무력으로는 이어질 수 없다.

백작이 군대를 빼는 즉시, 사막 왕국이 발호할 수 있었기 때문이다.

하지만 정치적인 파급력도 미약할까?

카온은 자신을 포함해 제국의 마스터 셋을 보유하는 것이었으니 세력을 부풀려 보이게 만들기는 좋았다.

"소신은 전하께서 황위에 오르시는 순간까지 도울 것이니 제가 할 수 있는 선에서는 최선을 다할 것입니다."

"고맙군."

카온은 백작의 어깨를 두드렸다.

이로써 그는 남부군의 지지를 얻어 3황자 파벌로 끌어들이는데 성공했다.

황궁에서 행정관들이 급파됐다.

 그들에게 반군 지역의 통치권을 넘겨주며 이야기를 들어 보니, 이번 일로 중앙에서 한바탕 난리를 치렀다고 한다.

 큰외할아버지인 바이스 후작은 끝까지 카온에게 중남부 지방을 영지로 내려야 한다고 주장했고, 2황자 파벌은 거품을 물고 늘어졌단다.

 애초에 카온은 이 지역의 영지를 받을 생각이 없었다. 이미 북방 지역에 인프라를 깔고 있었는데, 머나먼 중남부 지역에 영지를 받아 버리면 시너지를 내기가 어려웠기 때문이다.

 그러나 2황자 파벌 입장에서는 자신들에게 창을 겨누는 영지가 될 것이므로 상당 수준의 양보를 해야 했다고 한다.

 바이스 후작은 카온에게 서신도 동봉했다.

[전하, 중앙 정계는 우려하실 일이 아닙니다. 이미 정계부터 시작해 황제 폐하에 이르기까지 북방에 전하의 영지를 넓히는 것을 고려하고 있습니다. 다만 수도에 올라오시면 다시 한번 중남부 지역의 영지를 언급하시면서 2황자 파벌을 압박해야 할 것이옵니다.

영지의 문제와 별개로 중앙 귀족 중 상당수가 저희 파벌에 가입했습니다. 전하께서 왕림하시어 비전을 보여 주신다면 세력이 결속하는데 상당한 도움이 될 것이라 여겨집니다.]

이만하면 성동격서의 전술이었다.

2황자 파벌의 시선을 중남부 지역에 잡아 두고 실리를 취하는 것.

그러므로 최대한 많은 것을 얻어야 한다.

행정관들이 내려오면서 황제의 칙서도 함께 도착했다.

논공행상을 할 것이니 바로 수도로 올라오라는 것이다.

황명이 떨어지고 나서야 카온은 무거운 엉덩이를 움직였다.

다만, 행렬은 느긋하기 이를 데 없었다.

황제도 말했듯, 전투로 피로할 테니 무리하지 말고 오라고 전했으며, 그사이에 바이스 후작은 최대한 중앙에 발판을 마련할 것이니 서두를 이유가 없었다.

특별히 카온이 느리게 움직이는 데는 또 다른 목적이 있었다.

쿵!

"전하께 충성을 맹세하겠습니다!"

"진심인가?"

"저희 바라덴 가문은 전통적인 무가입니다. 마스터가 되신 전하를 지지하지 않으면 누굴 지지하겠사옵니까?"

"환영한다."

오는 귀족은 막지 않는다.

평판이 지극히 좋지 않은 인간을 제외하면 모두 받아들이기로 했다.

그들에 대한 교화나 균형은 바이스 후작이 알아서 할 일이다.

카온은 중소 귀족들을 꾸준하게 받아들였다.

'머지않아 2황자가 마스터에 오른다. 그 전까지 기사부터 출발한 가문들의 지지를 최대한 받는 것이 중요하다.'

나중에 2황자가 마스터가 된다고 해도, 이미 충성 맹세를 하고 나면 진영을 바꾸기란 쉽지 않다.

귀족은 명예를 최우선한다.

함부로 진영을 바꾼다?

귀족 사회에서 매장당할 짓이다.

카온은 수도로 올라가면서 일부러 중립 귀족들의 영지만

지났다. 그것도 애매한 위치에 있는 자들의 영지를 느릿느릿하게 움직이며 압박했다.

현재까지 3황자 파벌이 된 자들만 해도 열 명이 넘어갔으니, 이만하면 상당한 효과를 거두었다고 봐도 될 것이다.

황실 직할령이 된 반군 영지에서 이동을 시작한 지 한 달이 지난 시점에서 체스터 경이 보낸 전서구가 도착했다.

"군을 움직여 엘프 왕국을 압박했군. 계획대로다."

"문제는 중부 타마라 놈들도 군을 움직여 대치하고 있다는 겁니다."

"놈들의 입장에서도 발등에 불이 떨어진 것일 테지. 엘프 왕국은 고래 싸움에 끼어 있는 새우인가?"

"재밌는 표현이네요. 두 고래가 새우를 노리고 있다는 것만 제외하면 말입니다."

미첼 경은 자신의 감상을 말했다.

카온은 서신의 내용을 심의했다.

"체스터 경이 직접 올라간 이상, 타마라 놈들도 함부로 엘프를 공격하진 못할 거야."

"대치중이라고 하니 당분간 신경전이 이어질 것으로 보입니다."

"결국 타마라 측에서 움직이겠지. 놈들은 인내심이 강한 편이 아니니까."

"그 야만인 놈들이라면 그러고도 남죠."

카온은 밋밋한 턱을 쓰다듬었다.

"미첼 경, 엘프 왕국을 우리가 삼킬 수 있다고 가정하면 가장 필요한 것이 무엇일까?"

"원자재 아닐까요?"

"그보다 중요한 것은?"

"음……."

미첼 경은 한참이나 카온이 낸 수수께끼를 풀었다.

그러더니 무릎을 탁 쳤다.

"마석 아닙니까!?"

"맞다. 엘프들은 마도구를 제작하지. 마탑 놈들도 마도구를 제작하지만 어디 엘프제에 비하겠나?"

엘프제가 희귀한 이유는 그들이 인간을 위해 마도구를 공급하지 않기 때문이다.

시중에 가끔 나도는 물건은 중부 타마라 놈들처럼 노예로 잡아 협박으로 만들어 낸 것뿐이었다.

그들을 자발적으로 움직이게 만든다면?

훌륭한 상품이 쏟아질 것이다.

미첼 경은 모든 내용을 이해하고 한숨을 내쉬었다.

"문제는 마탑에서 협조를 할지 의문이라는 겁니다. 마석을 거래하려면 마탑에서 구입하는 수밖에 없잖습니까?"

"일단은 해 봐야지."

"그렇다면."

"마탑과 접촉해라. 서신을 보내든, 사람을 보내든 해서 우리가 마석이 필요하다는 뜻을 전하도록 해."

"뭐……. 일단 해 보겠습니다. 그래도 기대는 마세요. 마탑 놈들의 욕심, 아시잖아요?"

"알다마다."

카온도 한 번에 마석 거래가 성사될 것이라고는 여기지 않았다.

일단 포문을 여는 것이고, 협상은 그다음에 할 일이다.

북부 고원, 엘프 왕국.

엘프 왕국은 제국 3황자가 다스리는 람파스 영지 북동쪽에 위치하고 있었으며, 중부 타마라 놈들과도 접하고 있었다.

위아래로 적대 세력(그들이 보기에)이 끼어 있으니 하루도 바람 잘 날이 없었다.

지금은 엘프 왕국 역사상 최악의 상황이었다.

"양쪽에서 군대를 동원하다니……."

여왕은 굉장한 압박감을 느꼈다.

야만인이나 제국 어느 한쪽의 군대만 쳐들어와도 멸망을 걱정해야 했는데, 양측이 위아래로 압박하고 있었으니 도저히 살길이 보이지 않았다.

이쯤 되자 장로들도 의견이 갈렸다.

"여왕 폐하, 차라리 제국에 잠시 몸을 의탁하심이 어떻습니까?"

"아니 될 말! 그들이 엘프에 호의적인 것은 맞지만, 시간이 흐르게 되면 우리를 노예로 삼을 것이 분명하다!"

"야만인보다는 낫지 않습니까!"

"우리가 어떤 희생을 치러 가며 왕국을 지켰는데, 이제와서 인간에게 고개를 숙이나!"

여왕은 머리를 짚었다.

어전에서는 매일 의견이 갈리고 있었다.

윗물이 이리도 흐린데 백성들이라고 안심하고 있을 리 없었다.

백성들도 매우 불안에 떨고 있었으며 의견이 갈린다고 했다.

이런 가운데 급보가 도착했다.

"여왕 폐하! 제국의 마스터 체스터 경이 실프족 라엘과 함께 들어왔습니다!"

"뭣!? 경비병은 뭐 하고?"

"제국군 때문에 어쩔 수가 없었습니다."

엘프 전령은 황공하다는 듯이 말했다.

여왕은 직감했다.

왕국에 힘이 없으니 제국이고 야만인들이고 마음대로 유린하려 한다는 것을.

그녀는 자리에서 일어났다.

체스터가 헛소리를 하기 전에 막아야 했다.

엘프 왕국.

사실, 말이 왕국이지 남작령 정도의 작은 도시였다.

그마저도 트리하우스가 즐비하고 목책이 전부인 낙후된 지역이었다.

가뜩이나 엘프 왕국 백성들은 불안해하고 있었는데, 마스터 체스터 경이 엘프족의 안내를 받아 광장에서 연설을 한다고 하니 구름처럼 모여들었다.

체스터 경은 주변을 둘러봤다.

'대략 3만인가. 지금 모인 숫자가 엘프 왕국 전원일 것이다.'

생각보다는 많았다.

이들을 통째로 이주시키면 얼마나 많은 엘프제 물건이 쏟아질지 생각하니 벌써부터 흐뭇해졌다.

그러나 안심할 순 없었다.

엘프 왕국 북쪽 국경에는 야만인 놈들이 군대를 끌고 왔다.

그 숫자만 물경 2만에 이르렀다.

그에 맞춰 체스터 경도 2만을 몰고 왔으니, 당장 전쟁이 벌어져도 이상하지 않았다.

빠르게 이들을 설득하는 것만이 답이었다.

"엘프 왕국 백성들은 들어라. 너희가 지금 약탈당하지 않고 있는 것은 제국군이 야만인을 억제하고 있기 때문이다. 우리가 아니었다면 야만인 놈들이 내려와 여긴 전쟁터가 되었겠지."

웅성웅성.

장내가 술렁거렸다.

누구도 체스터의 말에 반박하지 못했다.

고작 수천의 군대로 2만이나 되는 야만인 군대를 막을 순 없다.

막을 수 있다고 쳐도 엘프 왕국은 철저하게 짓밟힌 이후가 될 것이다.

"너희가 야만인들에게 잡히면 어찌 되는지 상상해 보았나? 여왕과 장로들이 정보를 막고 있으나, 나는 그럴 필요가 없으니 대답해 주겠다. 여자들은 잡혀 혀가 잘리고 결박되어 매일 강간당할 것이며, 남자들은 노예가 되어 개처럼 일해야 한다. 자유 따위는 사라지며 가족들과 찢어 놓을 터다."

"……!"

어마어한 충격이 엘프 백성들의 머리를 때렸다.

엘프의 상식으로는 상상조차 할 수 없는 미친 짓이었기 때문이다.

체스터가 그 참상에 대해 이야기하려 할 때, 여왕이 나타나 소리쳤다.

"닥쳐라! 어디서 그런 유언비어를 퍼뜨리는가!"

"유언비어? 여왕이여, 당신은 왜 눈과 귀를 막고 있나? 그따위로 말을 할 줄 알고 증인도 데려왔다. 라엘."

"네!"

"네가 본대로, 그리고 들은 대로 대답해라."

"체스터 경의 말은 모두 사실입니다."

엘프 백성들은 눈을 부릅떴다.

인간은 거짓말을 할 수 있다.

그러나 엘프는 거짓말을 하지 않는다.

지금은 여왕 앞이었으며 수많은 엘프가 지켜보고 있었다.

라엘은 한 치의 흐트러짐도 없었기에 그 말에 무게를 더했다.

"일족의 명예와 세계수에 걸고 한 치의 거짓도 없음을 맹세합니다. 제가 이렇게까지 하는 이유는 체스터 경의 말이 전부 사실이기 때문입니다."

"그, 그럼 제국은 다른가?"

"제국법에 따라 너희를 백성으로 대우하기로 3황자께서 약속하셨다. 이는 황제 폐하로부터 제가를 받은 일이니 차별은 없을 터다. 독립적인 지역에 마을을 세워 자치권도 보장하겠다. 그러면서도 우리 군대가 너희를 보호할 것이니, 이보다 좋은 조건이 어디 있을까."

"우리가 해야 하는 일은?"

"인간의 제국에서는 돈이 필요하다. 너희는 경제 활동을 하게 되겠지."

3황자가 원하는 것은 하나.

엘프들이 자발적으로 경제 활동에 전념하는 것이다.

그렇게만 해 주어도 북방은 발전할 터였다.

엘프 여왕은 굉장히 떨떠름해했다.

그때, 북쪽에서 척후병이 내려왔다.

"여왕님! 야만인 군대가 움직입니다!"

"이런!"

백성들도, 장로들도, 여왕마저 동요했다.

라엘의 말이 사실이라면 야만인에게 잡히는 순간부터 돼지만도 못한 삶을 살아갈 것이 분명하였기 때문이다.

이제 여왕도 어쩔 수 없었다.

"제국으로 간다!"

엘프 왕국에서 벌어진 일은 전서구를 타고 카온에게 전해졌다.

북방과 수도까지는 전서구 망이 잘 갖춰져 있었기에 사건이 벌어지고 딱 사흘 만에 소식을 받을 수 있었다.

"엘프 놈들이 굴복했군!"

카온은 전서구를 받자마자 크게 웃어 젖혔다.

엘프 왕국을 통째로 접수한 사건이었다.

야만인 놈들과 제국군이 무력 충돌을 하긴 했으나, 놈들은 패배한 후 퇴각했다.

엘프 전사와 아군 사상자를 합하여 수백으로 승리했으니 대승이었다.

"감축드립니다, 주군!"

"감축드립니다!"

미첼 경을 비롯해 휘하 기사들이 축하의 말을 건넸다.

이제부터가 중요했다.

'마탑과 연계해 마석만 안정적으로 공급받을 수 있다면, 순식간에 성장할 수 있을……'

두근!

"……!"

카온의 몸이 그 자리에서 흔들리며 가슴을 부여잡았다.

다행히 지금은 다들 기뻐하고 있는 중이라 들키지 않았지만, 마법 각인이 이루어지고 있는 것이 심상치 않은 조짐이었다.

갑자기 마법학 개론이 머리에 박혔다.

마나 회로가 생겼으며, 심장 부근에 서클 하나가 자리 잡았다.

작가의 개입이었다.

'이 새끼가! 또 무슨 짓을 벌이려고?'

제국 황궁, 보급 사령부.

바이스 후작은 매우 피로한 나날을 보내면서도 보람차다는 것이 무엇인지 느꼈다.

"잘 하고 계시군."

"벌써 십여 명의 귀족이 충성을 맹세했다고 합니다."

"쉽지 않았을 텐데."

"전하께서 일부러 진군을 늦추시고 해당 영지를 가로지르며 압박하니, 어쩔 수가 없었던 모양입니다."

"허허허!"

바이스 후작은 크게 웃었다.

3황자가 벌이고 있는 일들은 파벌을 팽창시키고 있었다.

이쯤 되니 그가 천재는 아닐까 하는 생각마저 들었다.

'그 나이에 마스터가 됐다는 것부터 말도 되지 않는 일이지.'

10대 중반에 마스터가 된 역사가 있기는 한가?

아무리 빨라도 20대에는 들어가야 가능했으며, 그마저도 피를 깎는 고통이 수반된다.

"전하께서 발톱을 펼치시니 두려울 지경이다."

"수도 내에도 그런 소문이 돌고 있습니다."

"자네 덕분이지."

"과찬이십니다."

바이스 후작의 최측근 아르테우스 백작의 힘이다.

그는 정보부 수장의 직위에 있었다.

과거에는 보급 사령부 부사령관을 역임하였으나, 바이스 후작이 황실에 힘을 써 정보를 손에 넣었다.

어차피 각 세력은 따로 정보망을 가동하고 있었다.

바이스 후작의 경우에는 공식적인 정보망이었으나, 제국 내 자원을 사용할 수 있는 이점을 가졌다.

세력이 크다 보니 할 수 있는 일도 많았다.

3황자가 개념을 적립한 '어론전'을 펼칠 수 있는 것도 그런 이유 때문이었다.

수도에서 꽤 거리가 있는 곳에서 일어나고 있는 일들이 어찌 며칠 간격을 두고 전파될 수 있었을까.

정보부의 위력이었다.

"2황자는 뭘 하고 있나?"

"수도로 복귀한 이후, 매일 자신의 파벌과 회동 중입니다."

"어떻게든 돌파구를 찾기 위함이겠지."

"쉽지는 않을 겁니다."

"당연한 일이다. 패장과 승전 사령관이 어찌 같은 대우를 받을까."

3황자의 승리가 언제까지 이어질 수 있을지 확신할 수 없었지만, 지금 상황만 놓고 보면 굉장히 유리한 입장이었다.

바이스 후작은 이런 입장을 이용해 3황자 세력을 최대한 팽창시켜야 했다.

"이제 전하를 마중 나가야 합니다. 직접 행차하시겠습니까?"

"당연하지. 누가 뭐라고 해도 나는 3황자 파벌의 수장 아닌가."

예전 같으면 간을 봤겠지만 이젠 다르다.

가문의 모든 것을 걸고 3황자를 지원할 것이다.

천년 고도 브란시아.

카온은 상당한 병력을 이끌고 있었다.

무려 6만 대군이었다.

반군에서 받아들인 병력이 3만이고, 제후들에게 뜯은 병력이 1만이었다.

더하여, 북방에서 데려온 병력이 2만이었으니 수도를 위협할 수준이었다.

대군은 수도 밖에서 머물러야 했다.

이 근방의 평야에 군대를 주둔시킬 수 있는 것만 해도 황제의 배려가 아니었다면 불가능한 일이었다.

그만큼 황제에 대한 카온의 평가가 올라갔다는 의미이기도 했다.

"전하! 고생 많으셨습니다!"

"외할아버지, 사석에서까지 예를 갖출 필요는 없습니다."

"허허허! 그게 무슨 말씀이십니까? 전하께서는 차기 황제가 되실 분입니다. 언제, 어디서든 예를 갖춰야 하는 법입니다."

이미 황제가 황권을 물려주기 위한 경합을 벌이는 데야, 자신의 승리를 확신하고 카온을 추대하려 한다는 말은 전혀 문제 될 것이 없었다.

카온은 바이스 후작의 뒤를 바라봤다.

정보부 수장부터 여러 귀족이 함께하고 있었다.

그들은 일제히 카온에게 허리를 굽혔다.

"3황자 전하를 뵙습니다!"

"다들 반갑다. 이 모자란 사람을 위해 모였으니 그 보답이 결코 작지 않을 것이다."

"저희는 그저 전하의 뒤를 따를 뿐입니다."

귀족들은 카온의 말에 반색했다.

이런저런 이유를 가져다 붙인다고 해도 결국 권력을 위해 따르는 것뿐이다.

미래에 주어질 보상이 아니라면 목숨을 걸 필요가 없었

다.

2황자 파벌이나 3황자 파벌 중 하나가 무너지면 숙청당하고, 그들이 가지고 있는 이권들은 공로에 따라 배분된다.

가문의 격이 높아지는 일이니 도박을 걸 이유는 충분했다.

카온이 수도에 들어가자 백성들이 환호성을 지르며 꽃잎을 뿌렸다.

한눈에 봐도 여론전이었다.

한쪽에서는 빵을 던지거나 은화를 뿌려 댔으니, 사람들이 구름같이 모여들었다.

"전하, 효과가 정말 좋습니다."

"백성들 입장에서 공짜만큼 좋은 것은 없습니다. 예부터 효과 만점이었지요."

"전에는 이런 시도가 없었습니다만."

"저도 잘 몰랐습니다. 고서를 읽다가 우연하게 알아낸 것일 뿐."

왕권 국가에서는 굳이 백성을 위해 빵을 뿌릴 필요가 없었다.

그것도 모자라 은화를 뿌린다?

남들이 보기엔 더럽게 돈 쓸 곳이 없다고 여길지도 모른다.

그러나 카온은 이것이 민심을 잡는데 효과적이라는 사실

을 잘 알고 있었다.

　로마 제국에서 유력 귀족이 인기를 필요로 할 때, 괜히 이런 짓을 벌인 것이 아니다.

　'민심은 천심이다.'

　카온은 그렇게 믿었다.

　다른 이유는 없었다.

　원작의 표현을 따를 뿐이었다.

　"2황자 놈이야 자기 파벌과 매일 회동할 것이 뻔하고, 랭파인 공작은 어쩌고 있습니까?"

　"침묵을 유지하고 있습니다."

　"움직일 생각조차 하지 않는다는 말입니까?"

　"아직 황태자께서 살아 계시니 말입니다."

　"하긴."

　카온은 그들의 행동 원리를 이해했다.

　황태자가 죽기도 전에 타 파벌과 협상하는 모습을 보이면, 그만큼 명예가 떨어지는 일도 없었다.

　마음속으로 어떤 결정을 내렸다고 해도, 그 움직임은 무조건 황태자가 죽은 이후가 되어야 하는 것이다.

　"추후 황태자 파벌은 어떻게 하실 생각입니까?"

　"끌어들여 보고, 안 되면 중립이라도 유지하게 해야 합니다."

　"황태자 파벌이 없으면 어려운 싸움이 될 겁니다."

"굳이 안 온다는 사람을 어쩌겠습니까? 협박이나 여러 계책을 사용해 억지로 잡아 둘 수는 있지만, 그랬다가 뒤통수 맞습니다."

"허허허, 이해했습니다."

랭파인 공작을 끌어들이는 일은 매우 신중하게 다루어야 한다.

카온의 말처럼 잘못하면 거하게 뒤통수를 얻어맞아 세력 자체가 와해될 수 있었기 때문이다.

랭파인 공작 같은 거물을 끌어들이지 못한다면, 그들이 차라리 중립을 지키고 있는 것이 도움을 주는 일이다.

"바로 논공행상입니까?"

"예."

카온은 각오를 다졌다.

이번 논공행상이 3황자 파벌의 세력을 결정하는 결정적인 행사가 될 것이다.

제국 황궁.

도저히 진압할 수 없을 것 같았던 반군이 완전히 와해됐다.

그것도 모자라 놈들의 영지를 죄다 긁어 황실 직할령으로 만들었으니, 카온의 공로는 대단한 것이었다.

황궁 내에는 이미 진득한 긴장이 흐르고 있었다.

어전의 카펫을 두고 양쪽에 2황자 파벌과 3황자 파벌이 대립했다.

그들은 살벌하게 눈을 빛냈고, 황태자 파벌 사람들은 죽상이었다.

황제는 옥좌에 앉아 있었는데, 한눈에 봐도 상태가 좋지 않았다.

'앞으로 길어야 2년이고, 짧으면 1년이다.'

황태자부터 황제까지 줄초상이 이어지면 제국은 엄청난 환란에 직면한다.

그 전에 황제에게 인정을 받아 황권을 넘겨받는 것이 가장 좋은 그림이었다.

그러나 카온은 일이 그리 쉽게 이루어질 것이라고 생각지 않았다.

'2황자는 물론, 작가 놈도 생각해야 한다. 그 밖에 여러 위협이 있지.'

지금껏 카온이 이루어 온 일들은 확실히 대단했지만, 승부에 쐐기를 박을 정도는 되지 않았다.

군사적인 측면에서야 두드러지는 성과를 얻었으나, 그것만으로 황제의 자질을 판단하기에는 무리가 있었다.

쿵!

카온은 카펫 한가운데에 무릎을 꿇었다.

"폐하의 명령을 받들어 반군 토벌을 완료하였사옵니다!"

"허허허! 왔느냐!"

황제는 자리에서 일어나 내려왔다.

카온은 예검을 바쳤다.

"고생했다."

"아닙니다. 제국의 역도를 토벌하는데 고생이라니요? 황족으로서 당연한 의무를 수행했을 뿐입니다."

황제가 어깨를 두드렸다.

이만하면 상당히 신뢰를 받는다고 볼 수 있었다.

슬쩍 2황자를 바라보니 얼굴이 터질 것 같았다.

자신은 패전하여 쭈그리고 있는데, 경쟁자인 카온은 황제에게 인정을 받고 있었으니까.

이러니저러니 해도 황권에 한발 나아간 것은 부정할 수 없었다.

황제는 예검을 회수해 옥좌로 돌아갔다.

그러고는 단호하게 말했다.

"논공행상을 시작한다."

"……!"

긴장으로 내부 공기가 얼어붙었다.

2황자 파벌과 3황자 파벌의 싸움은 이제 시작이었기 때문이다.

격렬한 토론이 오갔다.

논점은 지금까지 예상했던 그대로였다.

"당연히 점령지를 받아야 하는 것 아닙니까?"

"그건 아니 될 말입니다! 거긴 황가의 땅입니다."

"황가의 땅? 3황자 전하는 황족입니다. 황위에 오르시면 어차피 전부 황실 직할령이 될 텐데, 반대하는 이유를 모르겠군요."

"어쨌든 불가하오!"

"그러니 이유를 대십시오!"

웅성웅성.

개판 오 분 전이 따로 없었다.

제국 신민들에게는 매우 유감스러운 일이지만, 이런 식으로 서로를 힐뜯고 비방하는 것이 중앙 정계의 일상이었다.

그나마 황제가 중심을 잡고 있었기에 크게 싸움으로 번지지는 않았으나, 목에 핏대를 세우는 것이 기본이었다.

황제를 비롯한 2황자와 3황자는 가만히 사태를 지켜봤다.

자신들이 데리고 있는 사냥개들은 충분히 짖을 수 있었다. 그러나 황족이 되었다면 가능한 한 무게를 잡고 있는 것이 좋았다.

"그만."

"……."

황제의 한마디에 소란이 멎었다.

양측 귀족들은 이를 악물었다.

2황자 파벌은 정말로 다급한 얼굴이었고, 3황자 파벌은 연기였다.

북방에 영지를 얻긴 할 텐데, 더 많은 땅을 차지하기 위해 수를 쓰는 것뿐이었다.

황제가 부드러운 목소리로 카온에게 물었다.

"너는 어느 땅을 가지고 싶으냐?"

"어느 땅이든 나쁘지 않다고 봅니다. 어차피 저희 황자들이 가지고 있는 땅은 차기 황제가 정해지는 즉시 반납하게 되어 있습니다. 황실 직할령이 될 텐데, 저리 싸우고 있는 이유를 모르겠군요."

"허허허, 맞는 말이다."

황제는 고개를 끄덕이고 있었지만, 누가 봐도 카온의 말이 개소리라는 사실을 알 수 있었다.

카온이 황제가 된다면 북방인들에게 더 많은 혜택이 갈 터였다.

북방인들도 황제를 배출했다는 자부심이 있을 것이니, 그곳이 황권을 유지하는 텃밭이 될 수 있었다.

반대의 경우도 마찬가지였다.

카온은 슬쩍 2황자 파벌을 압박했다.

"그러니까, 경들은 내가 북방의 땅을 받길 원한다는 건가?"

"그편이 좋지 않겠습니까? 관리 차원에서도 말입니다."

"썩 당기지는 않는데……. 내가 북방의 영지를 받는다면 어느 수준까지 양보할 수 있나."

"타르젠까지는."

"양심이 없군! 경들은 그런 식으로 정치를 하나?"

카온은 2황자 파벌을 질타했다.

"허험."

"흠흠."

그들도 말해 놓고 양심에 찔리는지 헛기침을 했다.

타르젠 영지는 인구가 1만도 되지 않았다.

황실 직할령으로, 땅은 넓지만 노동력 문제로 도저히 개척이 되지 않았다. 그럴 필요도 없었고 말이다.

대공을 세워 놓고 고작 그런 땅만 가져간다?

누구라도 거부할 것이다.

갈레스 후작이 카온에게 물었다.

"달리 원하시는 땅이라도 있습니까?"

"타르젠과 버켄. 두 영지를 한꺼번에 받지 않는 것이라면 차라리 중부에 영지를 두어 경들을 견제하는 창으로 쓰겠다."

"……!"

평소 같으면 말도 안 되는 돌직구였다.

하지만 지금은 된다.

황제의 공인하에 두 황자가 경합하는 중이었으니까.

"그, 그건!"

"싫으면 말고."

버켄 영지.

북방에서 발전이 가장 더뎠지만, 인구가 풍부한 황실 직할령이었다.

"으음."

2황자 측에서 침묵이 흘렀다.

지금 내건 조건이야말로 카온이 원하는 것이다.

타르젠 영지는 람파인 영지 남서쪽에 위치한 거대한 땅이다.

문제는 개척이 시작된 지 얼마 되지 않아 인구가 1만에 불과하다는 것.

이민족을 밀어내고 얻었기에 군대가 항상 주둔했으며, 유지비만 많이 나가는 바람에 도저히 그 땅을 받을 귀족이 나오지 않았다.

반대로 버켄 영지는 인구가 많은 땅이다.

타르젠 영지가 형성되기 전까지만 해도 최전방이었으며, 많은 군대가 주둔했었다.

군사 도시의 역할을 했기에 인구는 많지만 발전이 더뎌 이 역시 골치였다.

다만, 그 잠재력은 무시할 수 없었다.

'어차피 비옥하고 인구가 많은 땅은 가질 수 없다.'

그랬다간 2황자 파벌이 거품을 물고 늘어질 것이다.

황제 역시 반대할 것이 뻔했다.

지금이야 카온의 편을 들고 있었지만, 어디까지나 그는 중립적인 입장을 고수하며 두 황자의 경합을 이끌어야 했다.

균형이라고는 개밥으로 줘 버린 두 지역을 카온이 다스리게 되면 행정 능력까지 시험할 수 있었기에 황제도 거절할 이유가 없었다.

2황자 파벌은 계산에 들어갔다.

'3황자의 말대로 그가 다스리는 땅은 2황자 전하께서 황위에 오르시면 회수할 수 있다. 발전을 시킨다고 심력만 소모하다 끝날 가능성이 크지.'

'중부권은 절대 안 된다. 내전이라도 터지면 우리를 옥죄는 뾰족한 창이 될 수 있음이야.'

중앙 정계에 파문이 이는 가운데, 황태자 파벌은?

그들은 아무런 생각이 없었다.

황태자가 죽느냐, 사느냐의 기로에 있었으므로 신경을 쓸 여유가 없는 것이다.

초상이라도 난 것처럼 표정이 어두웠으니 그들은 없는 셈 치면 된다.

카온은 마지막으로 황제의 반응을 살폈다.

그는 매우 만족스러운 표정이었다.

카온의 예상대로 행정 능력을 시험할 수 있는 최적의 기회라고 여겼던 것이다.

'저 녀석이 단순히 전쟁만 잘하는지, 제국의 내정도 잘 다스릴 수 있는지 볼 수 있는 최적의 장소다.'

주변 분위기를 파악한 카온은 2황자를 바로 압박했다.

"형님, 어쩌시겠습니까?"

"네 뜻이 정 그렇다면 어찌 반대할 수 있겠느냐?"

"단, 그러기 위해 형님의 파벌이 지원을 좀 해 줘야겠습니다."

"뭣!? 그건 또 무슨 소리냐! 이만하면 원하는 것을 가졌을 텐데?"

"우수리가 좀 남지요. 반대하시면 중부권에 세력을 둘 겁니다."

"허……."

'이런 복선을 깔았더냐!'

카온의 한 수에 황제조차 감탄했다.

북방에 땅을 얻기로 했다고 해서 우수리를 챙기지 않을 이유는 없다.

카온은 2황자가 아닌 그 파벌들을 바라봤다.

어차피 돈을 낼 사람은 2황자가 아니었으니까.

"경들은 변경을 튼튼히 하는데 지원조차 하지 않겠다는 뜻인가? 그것참, 실망이다. 경합도 좋지만 밀려난 이민족들이 언제 쳐들어올지 알 수 없는데 손을 놓겠다니. 이는 직무 유기다."

"이런."

2황자 파벌은 당했다는 표정이 역력했다.

카온의 말을 거절하면 바로 중부 지방의 영지에 3황자 세력이 생긴다.

가뜩이나 중부의 여러 제후들이 카온에게 충성을 맹세했다는 소식은 그들도 들었다.

잘못하면 거대 세력이 되어 어마어마한 손해를 입을 수 있는 것이다.

갈레스 후작은 눈을 질끈 감았다.

"어느 정도의 지원을 원하십니까?"

카온이 씩 웃으며 말했다.

"많이는 안 바란다. 십시일반으로 모금해 천만 골드만 내도록."

3황자궁.

카온은 정오부터 시작해 저녁이 될 때까지 협상을 했다.

양측은 한 치도 물러나지 않았다.

논공행상이 끝날 기미를 보이지 않자 황제가 나서서 중

재했다.

최종 타협안 800만 골드에 물자 지원까지.

어쩌다 보니 엄청난 액수의 자금과 물자까지 적에게 지원하게 된 2황자 파벌은 속이 터질 지경이 되었다.

그러나 누구도 황제의 제안을 거절할 수 없었다.

2황자 파벌이 황명을 거역한다?

바로 다음 대 황제는 카온이었다.

털썩.

힘겹게(?) 협상을 마친 카온은 이제야 소파에 앉을 수 있었다.

"거, 더럽게 힘들군."

"그래도 선방하셨습니다."

"이렇게 남의 돈 먹기가 어려운 것이다."

'제가 보기에는 강탈 같은데요.'

미첼 경은 그 말을 목구멍으로 삼켰다.

너무한 것이 아닌가 싶었지만, 결국 3황자 파벌에 유리한 조건으로 협상에서 승리했다.

"그보다 전하, 마탑에서 연락이 왔습니다."

"뭐라던가?"

"이 작자들이 좀 어처구니없는 이야기를 했습니다."

"자세히 말해 봐."

미첼의 이야기를 모두 들은 카온은 정말 기가 막힌다

표정을 지었다.

"하! 이거였나?"

카온에게 기초 마법이 각인된 이유.

작가의 농간이 마탑을 움직인 것이었다.

일주일 후, 마탑의 2장로 펠리온이 황궁을 찾아왔다.

제국 내에는 대마법사라 불리는 자가 셋 있었는데, 그중 하나가 펠리온이었다.

나머지 두 명은 각각 궁정 수석 마법사와 마탑주의 직위를 가졌다.

어떻게 보면 권력과는 가장 먼 인간이 작정하고 꼬장을 부려 대니 카온도 기가 막혔다.

"지금 뭐라고 하셨습니까?"

"자네도 알다시피 그냥은 못 팔아. 미완성 무구를 대량으로 매입해 줘야겠어."

"……."

카온은 입을 다물었고 협상에 참여한 미첼 경은 당장이라도 2장로를 때려죽일 것처럼 얼굴을 붉혔다.

"꼬우면 말고."

그 순간, 미첼의 화가 터졌다.

"이 미친 늙은이가! 이분은 장차 황제가 되실지 모르는 분이오! 어찌 그리 말을 함부로 하나!"

"마탑은 치외 법권. 황제도 아닌 자에게 내가 왜 말을 올리냐? 그건 그렇고, 이 꼬맹이가 불에 타 죽어야 정신을 차리려나?"

화르륵!

펠리온이 강렬한 불꽃을 태워 올렸다.

미첼은 입을 다물었다.

저 꼬장꼬장한 성격 때문에 사람들이 착각하곤 하는데, 그는 대마법사였다.

그것도 화염계에 특화되어 있어 순식간에 황궁을 초토화할 수 있는 인물이었다.

실제로 그런 미친 짓은 하지 않겠지만, 미첼 경 정도는 순식간에 처리할 수 있었다.

카온은 미첼과 그의 사이를 중재했다.

"미완성 무구라면, 실패작을 말씀하시는 거군요?"

"어허! 실패작이라니? 엄연히 마도구일세. 조금 위력이 약할 뿐이지."

"실패작, 맞군요."

마도구는 원래 만들기가 힘들었다.

마탑에서는 마석을 전 대륙에서 매입해 마도구를 제작하며, 다시 판매하며 수익을 올렸다.

워낙 많은 돈을 벌어들였기에, 마법사들은 돈의 개념이 없었다.

실패작 역시 엄청난 가격을 자랑할 터다.

"싫으면 말라니까, 왜 자꾸 트집이야?"

"장로님, 실패작을 매입하는 것은 문제가 없습니다만, 가격이 중요하지 않겠습니까?"

"들어간 마석의 반값. 딱 그 정도만 받지."

"흠."

카온은 진지하게 생각했지만, 미첼 경은 열불이 터진다는 모션을 취했다.

"아예 사지 말라는 뜻 아닙니까!"

"그럼? 마석 구매가 쉬운 줄 알았느냐? 클클."

2장로는 귀를 후볐다.

정말로 카온과 거래하지 않아도 상관없다는 투였다.

실제, 마탑의 입장에서는 별로 아쉬울 것이 없기도 했다.

제국에는 마석이나 마도구를 판매하는 계약이 맺어져 있었다.

그건 황실과 맺은 계약이지, 황자가 개입할 수 있는 사안이 아니다.

결국 계약을 따로 맺어야 하는데, 이런 대량 거래는 사실상 불가능하다고 봐야 했다.

미첼과 2장로는 서로를 노려보며 기 싸움을 했는데, 카온의 내심은 평온했다.

'작가 놈이 실수했지.'

카온이 엘프들을 손에 넣지 않았더라면, 매우 불리한 조건이었다.

그 비싼 마도구를, 실패작이라고 해도 덤핑으로 받는다?

손해가 막심할 터였다.

엘프들이 없다는 가정하에, 이 거래는 이루어질 수 없다.

하지만 지금은 어떨까?

엘프는 마도구를 만든다.

한 번 실패한 마도구를 다루는 것은 매우 어려운 일이지만, 그들은 이 어려운 일을 해낸다.

카온은 원작에 설명된 딱 한 줄의 문구를 떠올렸다.

[엘프들이 마도구를 수리했다.]

마도구를 수리해?

그건 마탑에서도 불가능한 일이었다.

작가 놈은 그걸 써 놓고 까먹은 것이 분명했다.

'결국 작가는 전지전능한 것이 아니었군.'

이쯤 되니 도대체 뭐 하는 놈인지 의심마저 들었다.

나름대로는 반대급부를 고려해 카온에게 심대한 타격을 준다고 여겼을 텐데, 전혀 그렇지 않다.

마도구 덤핑?

세상에 이렇게 미친 조건이 어디에 있을까.

심지어 값도 싸다.

엘프만 갈아 넣으면 기사들과 병사들을 마도구로 무장시킬 수 있는 것이다.

"장로님, 어차피 버릴 물건이니 좀 싸게 주시죠."

"버린다니? 충분히 사용할 수 있을 걸세."

"어쨌든, 일반 장비보다 조금 나은 수준으로 보이는데, 들어간 마석 값의 3할만 받으시죠. 그러면 거래하겠습니다."

"응? 정말이야?"

"하지만 추후, 제가 수리해서 되팔거나 사용하는 것에 대해서는 재제하지 않으셨으면 합니다. 정해진 물량을 제대로 납품해 주시고요."

"뭐? 크하하하! 이거 세상 물정도 모르는 꼬맹이 아닌가!"

펠리온은 유쾌하게 웃었다.

뭐 이런 호구새끼가 다 있냐는 표정이었다.

물론, 카온은 결코 만만한 인간이 아니었다.

'마음껏 좋아해라.'

마탑을 벗겨 먹을 수 있는 좋은 기회였다.

물론, 그들도 손해는 아니었다.

헐값에 넘겨야 하는 실패한 마도구들을 카온에게 적절한 가격에 처분할 수 있었으니까.

2장로의 머리가 비상하게 돌아갔다.

'원래 처리하던 가격에서 20%는 남는 장사다. 이 정도면 마석의 출혈을 감수할 수 있지 않나?'

마석도 원석 그대로 쓰는 것이 아니다.

판매할 때는 다듬고 재처리 과정을 거쳐야 했다.

카온은 대량의 마석을 지속적으로 공급받아서 좋고, 마탑에서는 실패작을 처리할 수 있어 좋다.

"타결하지!"

"아, 아니! 전하! 손해가 막심할 것입니다!"

"손해가 아니다. 마석을 어디서 구하겠나?"

"이러다 영지가 거덜 나도 책임 못 집니다!"

"왜 경이 책임지나? 책임을 져도 내가 져야지."

"클클, 꼬마야. 계약은 어찌할 것이냐?"

"만들어 왔습니다."

"뭐?"

카온은 정말로 계약서를 만들어 왔다.

그것도 지금까지 논의된 내용 그대로 말이다.

2장로는 조금 찜찜한 눈으로 계약서를 자세하게 살폈다.

'함정 조약은 없음이야. 근데 왜 이렇게 불안하지?'

마탑에 유리한 조건임에도 손해를 보는 것 같은 느낌이랄까.

하지만 그는 단순하게 생각하기로 했다.

워낙 3황자가 꼼꼼한 인간이기에 계약서를 미리 작성해

왔을 것이라고.

조건이 맞아떨어진 것도 우연일 뿐이다.

카온과 마탑은 정식으로 계약을 마쳤다.

펠리온과 악수까지 나누고, 3황자 궁으로 돌아오는 길에 미첼이 물었다.

"전하, 제 연기가 어땠습니까?"

"정말 혼신의 연기였다. 경은 기사가 아니라 연극배우를 했어야 해."

"으하하하! 나중에 그 인간 표정을 한 번 보고 싶군요!"

미첼 경은 끄윽, 끄윽거리며 바닥을 구를 기세였다.

방금 있었던 일들은 모두 철저한 계획하에 설계된 책략이었다.

미첼 경의 역할은 바람잡이였다.

카온이 극심한 손해를 입는 것처럼 연기를 펼쳤고, 결과는 대성공이었다.

[미첼 경, 엘프가 마도구를 수리할 수 있다.]
[그럼 완전 이득이 아닙니까!?]
[가격을 3할까지만 깎아도 어마어마한 이익이지. 나중에 마탑 놈들은 배가 아프다며 데굴데굴 굴러다닐걸?]

여기까지가 이번 사건의 전말(?)이었다.

카온은 벌써 열흘째 황궁에 머물고 있었다.

표면적으로는 파벌의 결속을 위해서라지만 내심은 달랐다.

'아직 황태자가 죽을 때가 아닌가?'

분기점이 될 사건 때문이었다.

카온과 2황자는 표면적으로 대립 관계에 있었지만, 적극적으로 서로를 향해 수를 쓰지는 않았다.

아직 황태자가 죽지 않았고, 랭파인 파벌이 건재했으니까.

그러나 황태자가 죽으면 상황은 달라진다.

'악독한 수를 서슴없이 사용하겠지. 황태자 죽음 이후, 랭파인 파벌을 손에 넣게 된다면 게임은 끝난다.'

선점 효과라는 것이 있다.

황태자의 장례식이 끝나고 나면 본격적인 파벌 러시가 시작될 텐데, 황궁과 멀리 떨어져 있으면 개입이 늦어진다.

이러니 카온도, 2황자도 임지로 떠나지 못하고 있는 것이다.

문제는 더 이상 황궁에서 버틸 수가 없다는 점이었다.

지금까지는 전쟁이다 뭐다 해서 버틸 수 있었지만, 시간이 흐를수록 황제의 심기도 불편해질 터였다.

랭파인 공작과 그 휘하 귀족을 끌어들이는 것도 중요하지만, 평가에는 행정도 포함되어 있었다.

똑똑.

생각에 잠겨 있을 때, 노크 소리가 들렸다.

"들어오도록."

"소신입니다."

"외할아버지, 황궁에서까지 그래야겠습니까?"

"전하께서는 황제가 되실 분이니 말입니다."

순간적으로 '후작이 소신이라 칭하는 것이 맞나?' 싶은 생각도 들었지만, 사소한 문제는 접어 두기로 했다.

카온은 늦은 밤에 후작과 독대했다.

그가 황궁에 머물고 있는 이상 매일 일상처럼 이어지는 일과였다.

친목을 다지는 동시에 미래를 대비하는 것이다.

더없이 좋은 명분이었다.

"전하, 더 이상 황궁에 머무셔서는 안 됩니다."

"알고 있습니다. 이제 올라가야지요."

"현재 파벌은 굳건해지고 세를 불려 가고 있습니다. 하지만 더 중요한 것은 전하의 임지이지요."

"제 임지라면?"

"폐하께서는 행정력을 평가하려 하십니다. 문제는 전하께서 받으신 땅이 너무 낙후된 지역이라는 것입니다."

후작은 지난 시간 내내 그 걱정을 했다.

제국 중부에 위치한 2황자의 임지는 유프란스 강을 끼고 있어 매우 비옥했다.

그러나 카온의 지역은 여러 이민족으로 둘러싸인 북방이며, 발전도 더뎠다.

단기간에 행정력을 발휘하기에는 쉽지 않다는 땅이었다.

후작의 걱정은 타당하였기에 카온은 그를 설득할 필요가 있다고 생각했다.

"외할아버지, 대답을 하기 전에 한 가지만 묻겠습니다."

"하명하십시오."

"지금 제국의 체제가 앞으로도 괜찮을 거라고 확신하십니까?"

"예?"

바이스 후작은 고개를 갸웃거렸다.

갑자기 카온이 제국이 안고 있는 근본적인 문제를 지적할 것이라고는 생각지 못했기 때문이다.

"봉건제 말입니다. 각 제후들이 자신들의 땅에서 왕처럼 권력을 휘두르고, 그 힘을 바탕으로 군대를 키우며 종종 황권에 도전하는 것이 과연 합당한 정치 체제인지 묻는 것입니다."

"전하의 하교는 윤당합니다만, 그 문제는 역대 황제 폐하들도 해결하지 못했습니다."

"봉건제의 기원이 무엇입니까?"

"원활한 통치를 위한 영토의 분할이지요."

후작은 바보가 아니다.

오히려 제국에서 손에 꼽을 정도로 유능한 정치가였다.

그러나 체제의 기원과 문제를 모를 리 없었다.

그럼에도 카온은 후작이 제대로 핵심을 파악하고 있는지 알아보기 위해 질문을 던졌던 것이다.

"계속하시죠."

"제국은 대륙 최초의 거대 국가였습니다. 작은 왕국에서부터 시작해 대륙의 반을 집어삼키는 기염을 토했지요. 그러나 워낙에 땅덩이가 넓다 보니 행정력이 미치지 못해 초대 황제께서 개국 공신이나 황족들에게 영토를 분할한 것이 봉건 제도의 시작이었습니다. 분할은 계약의 형태를 가지고 있었으며, 분봉을 받은 제후들은 다시 자신의 가신에게 분봉하면서 봉건 체제가 자리 잡혔습니다."

"맞습니다. 봉건제는 도저히 넓은 영토를 왕 혼자 다스릴 수가 없어 택한 고육지책이었습니다. 그리고 지금에 이르러 많은 문제를 야기했지요. 그렇다면 외할아버지, 왜 당시에는 황제가 모든 영토를 돌볼 수 없었습니까?"

"명령이 각 지역까지 두루두루 미치지 못하였기 때문입니다. 자연스레 군사력도 투입할 수 없었지요."

"지금은요?"

"……!"

이야기를 하던 바이스 후작은 꽤나 놀랐다.

'놀라운 통찰력이시군.'

과거와 지금은 다르다.

봉건제를 타파할 수는 조건이 완성된 것이다.

바이스 후작이 목소리를 가다듬었다.

"당시에는 전서구 시스템이 없었으며, 파발도 존재하지 않았습니다. 도로가 너무 낙후되고 여러 기술이 발달하지 않았기 때문입니다. 지금은 그 시대로부터 천 년이 흘렀고, 제국이 상업을 활성화시킨 덕분에 도로가 잘 발달되어 있습니다. 여전히 낙후된 지역이 있긴 합니다만, 전서구가 있으니 크게 문제 될 일은 아니지요."

"그런 의미에서 본다면, 현 제국에서 황제의 명령은 오지까지 잘 전달되는 편입니다. 자, 묻겠습니다. 이제 와서 문제만 많은 봉건제를 유지할 필요가 있습니까?"

"자, 잘못하면 모든 제후를 적으로 돌릴 수 있는 위험한 발상이십니다."

"당장 칼을 대겠다는 뜻이 아닙니다. 제가 낙후된 북방을 발전시키려는 근본적인 이유가 여기에 있기 때문에 드리는 말씀이지요."

"허어!"

"자, 저는 봉건제 타파를 위해 준비합니다. 황실 직할령을 늘리고 발전시킬 예정입니다. 그러나 그 영지를 새로운 영주에게 분봉할 생각 따위는 없습니다. 폐하께서 이런 제 내심을 알게 되신다면 어찌 되겠습니까?"

바이스 후작의 눈동자가 사뭇 떨려 왔다.

제국의 근본적인 문제를 파헤친다!

제후들에게는 매우 위협적인 목표였으나, 황가인 '마이어스 가문'에 있어 이보다 매력적인 제안은 없었다.

강력한 군사력으로 제후를 찍어 누르는 통치보다, 직접적으로 모든 땅을 왕이 지배하면서 진정한 황제로 거듭난다.

카온은 이 시대에 존재하지 않는 '전제 군주정'에 대한 이야기를 하고 있었다.

현대인의 입장에서 보면 봉건제 다음으로 자연스럽게 전제 군주정을 떠올릴 수 있겠지만, 이곳 사람들은 아니었다.

"그런 목적이라면 폐하께 어필할 수 있겠습니다."

"제 대답은 여기까지입니다."

"과연……. 지금껏 저는 황자 전하를 제대로 평가하고 있다고 생각했는데, 그것이 아니었군요. 사죄드립니다."

"아닙니다. 작년까지만 해도 망나니였던 놈이 급작스럽게 제국의 미래까지 논하니 당황스럽기는 했겠지요."

"허허허."

카온의 농담에 분위기가 제법 풀렸다.

무거운 주제에서 벗어나 영지 운영에 대한 이야기까지 넘어갔을 때, 갑자기 응접실의 문이 열렸다.

"주, 주군!"

미첼 경이었다.

그의 몸은 달달 떨리고 있었다.

카온과 바이스 후작도 긴장하기 시작했다.

"황태자께서 서거하셨습니다!"

황태자궁 앞에 제신들이 뚫어 엎드려 있었다.

침실로 들어가자 창백한 얼굴로 삐쩍 말라 죽은 황태자가 숨을 쉬지 않았다.

카온은 마스터였기에 단번에 황태자의 몸에서 생명력이 빠져나갔다는 것을 느낄 수 있었다.

다행히 황제는 아직 도착하기 전이었다.

"형님!"

카온은 그 자리에 주저앉아 통곡했다.

서럽게 곡을 하는 가운데, 황제가 나타났다.

털썩.

황제 역시 그대로 쓰러졌다.

"폐하!"

카온은 매우 불안한 감정을 느꼈다.

'이거, 줄초상 나는 것 아닌가?'

등 뒤로 식은땀이 흘렀다.

황태자의 서거는 예정된 일이었다.

병석에 누운 지도 꽤 시간이 흘렀고, 신성력으로 생명만 보존하는 것에도 한계가 있었다.

황태자는 더 이상 신성력에도 의지하지 못한 채 숨이 끊어졌던 것이다.

이미 예상했기에 대비할 수 있었다.

그러나 황제는 아니었다.

'황제까지 서거하면 바로 내전이다.'

중앙군과 궁정 관료들은 황제에게 충성했다.

그러니 내전이 벌어지더라도 중앙군이 움직이는 일은 없을 것이다.

이는 불문율이었으며, 역대 그 어떤 황제도 이 법칙을 깨지 않았다.

제국법에까지 당당하게 박혀 있는 법률이었으며, 중앙군 중에서 파벌이 존재한다면 황제의 서거 순간, 그 직을 내려놓아야 했다.

그리고 신황제가 즉위할 때에 새롭게 재편된다.

이것이야말로 천년 제국이 지금껏 유지된 비결이었다.

당장 내전이 벌어지면 카온에게 불리했으므로 바로 황제에게 신성 마법을 시전했다.

"폐하! 괜찮으십니까?"

"결국 이렇게 되고 말았구나."

"……."

황제가 눈물을 흘리자 카온은 고개를 돌렸다.

이럴 때는 차라리 꿇어 엎드리는 편이 낫다.

'하루 정도는 괜찮겠지.'

카온은 혼신의 연기를 펼치며 랭파인 파벌의 마음을 흔들기로 작정했다.

2황자는 황태자가 서거했다는 소식에 뒤늦게 도착했다.

종일 황궁에 틀어 막혀 있는 3황자와 다르게 그는 중앙 귀족들과의 회동을 위해 뻔질나게 주택가와 황궁을 드나들었다.

이번에도 외부에 나가 있었기에 조금 늦었던 것이다.

자연스럽게 2황자 파벌도 늦게 도착했다.

하필 황제까지 먼저 도착해 있는 바람에, 2황자의 꼴이 우습게 됐다.

"형님! 어찌 이렇게 가십니까!?"

2황자도 통곡을 시작했지만, 긴장이 되어 눈물이 잘 나오지 않았다.

그러다 슬쩍 고개를 돌려 3황자를 바라봤다.

'저리도 슬피 울다니!'

등 뒤로 식은땀이 줄줄 흘렀다.

3황자는 정말 세상이 무너진 것처럼 울었다.

얼마나 구슬프게 우는지, 소강상태였던 장내가 다시 울음바다가 될 지경이었다.

이게 정치적인 행보인지, 진심인지 분간이 잘 되지 않았다.

2황자는 놀라운 결론에 도달했다.

'나조차 속았다. 그렇다면 랭파인 공작 파벌은 진심으로 생각할 것이 아닌가!'

이번에는 랭파인 측을 살펴봤다.

2황자의 예상대로였다.

공작이 3황자를 부둥켜안은 채 우는 것이, 누가 보면 3황자 파벌에 가입한 것처럼 보일 지경이었다.

이곳에는 중립 귀족도 꽤 많았다.

황태자 파벌과 3황자가 친밀한 것을 똑똑히 목격하고 있었으니, 앞으로 어려운 싸움이 예상됐다.

2황자는 눈물이 나오지 않자, 바닥에 머리를 찧어 댔다.

고통 속에서 눈물이 찔끔 나오기 시작했다.

"아이고, 형님!"

이른바 통곡 레이스(?)의 시작이었다.

황태자의 죽음은 엄청난 파장을 불러일으켰다.

장례식 전까지 차기 황제의 결정전은 휴전이라고 봐도 좋았지만, 이것도 정치의 연장으로 보는 것이 타당했다.

황제는 실신해서 실려 나갔고, 카온도 마찬가지였다.

나중에 들으니, 2황자도 실신하긴 했다는데 그건 지나가던 개가 웃을 일이었다.

"전하, 정말 괜찮으십니까?"

"끄응."

목이 쉬어 말도 잘 나오지 않았다.

강제로 통곡하는 것이 이렇게 힘들 줄이야.

이 몸과 황태자가 어린 시절부터 접점이 있었다는 것은 알겠지만, 실상 카온과는 남남이었다.

모르는 사람이 죽었는데 슬퍼할 이유가 있나?

카온 마이어스의 몸에 빙의되었지만, 도저히 이 몸의 감정과 동화되지 않았으니 통곡을 유지하는 것은 엄청 어려운 일이었다.

어쨌든, 고생한 성과(?)는 있었다.

랭파인 파벌이 카온을 보는 눈동자가 달라졌으니까.

3황자 궁에는 미첼 경과 바이스 후작이 기다리는 중이었다.

"미첼 경, 현 상황은?"

"2황자 파벌에서 랭파인 공작에게 접촉할 준비를 하고 있습니다."

카온은 미첼 경과 바이스 후작을 번갈아 바라봤다.

그의 뛰어난 가신들은 현재 북방에 올라가 있었다.

이번 일은 바이스 후작에게 맡기는 수밖에 없었다.

"우리도 움직인다. 랭파인 파벌을 얻는 자가 황위를 얻을 것이니."

장례식은 황궁에서 조용히 진행되었다.

화려하지는 않았으나 조촐하지도 않았고, 황궁 밖에는 백성들의 조문 행렬이 줄을 이었다.

이 시대에는 사진이 없었기에, 건강한 시절의 황태자가 걸려 있었다.

하루 종일 진행되는 장례식은 지루할 법도 하건만, 누구도 그런 생각은 하지 못했다.

장례식이 끝나는 순간부터 소리 없는 전쟁이 시작될 것임을 알았기 때문이다.

황제는 황태자의 영정 앞에서 오늘까지 식음을 전폐했다.

'이건 좀 곤란하다.'

현재 세력 비율을 보면 6:4 정도로 카온이 불리했다.

이마저도 보수적으로 잡은 수치였고, 실상은 그 이상의 차이가 날 터다.

이런 가운데 황제가 서거해 버린다?

내전이 터지면 중앙군은 움직이지 않더라도 난리가 날 것이며, 이민족 침입과 더불어 제국 전체가 환란에 빠진다.

그렇게라도 이기면 다행인데, 패배할 가능성이 꽤 높았다.

그러니 황제는 건재해야 했다.

장례식 행사가 다 끝나자 카온은 바로 황제의 눈앞에 무릎을 꿇었다.

"아바마마! 소자가 충심으로 간합니다. 부디 슬픔을 이겨 내셔야만 하옵니다."

"옥체 보중하시옵소서!"

카온이 선수를 치자, 2황자와 그 딸랑이들도 아차 싶은 표정으로 무릎을 꿇었다.

"옥체 보중하시옵소서!"

"허허."

황제는 공허하게 웃었다.

그는 한때, 철혈이란 별명이 붙었을 정도로 강력한 황권을 휘둘렀던 사람이었다.

몇 번의 숙청으로 황실 직할령을 늘렸으며, 귀족들의 반발을 군사력으로 찍어 눌렀다.

지금에 이르러는 황권이 추락하고 있다지만 중앙군 30만은 흔들림이 없었다.

황실 직할령에서 병력을 쥐어짠다면 능히 제후들 전체와 일전을 겨룰 만했다.

그런 사람이 이토록 힘없이 앉아 있으니 황제의 죽음도 머지않았다는 생각이 들었다.

'그래도 지금은 안 된다.'

카온이 마치 효자라서 이러는 것이 아니다.

황태자와 마찬가지로 진짜 가족이 아니었기에 딱히 애정은 없었다.

황제는 천천히 몸을 일으켰다.

"그래, 짐이 여기서 죽으면 제국은 두 동강이 나겠지."

"……!"

엎드려 있는 황자들과 신하들은 몸을 떨었다.

황제가 있는 그대로 돌직구를 날려 버렸기 때문이다.

'폐하께서도 황혼에 접어드시더니 정치력이 흔들리신다.'

'황태자 전하의 죽음이 그리도 충격이었나?'

"경들은 들어라."

"하명하십시오!"

"황자들의 경합은 이대로 진행한다. 무슨 수를 써도 좋지만 무력 충돌은 자제하라. 제국에 피가 흐른다면 그 자체로 감점하겠다."

"윤당하신 분부이십니다."

카온도, 2황자도 고개를 숙였다.

내전은 어쩔 수 없는 경우에만 한다.

원작 소설의 내용으로는 아직 초반이었다.

제국에 대한 위협이 표면적으로 떠오르지도 않은 상태에서 내전이 벌어지면 그야말로 피 보라가 몰아칠 터다.

카온도 이걸 바라지는 않았다.

"식사를 하겠다."

황제는 자리를 훌훌 털고 일어났다.

"……"

이 순간.

장례식에 모인 사람들은 어느 것이 황제의 본모습인지 알기 어려워졌다.

장례식이 끝나고 황태자는 매장됐다.

그럼에도 카온을 비롯한 귀족들은 장례복을 벗지 않았다.

이 상태로 하루는 있어 주는 것이 망자에 대한 예의였기 때문이다.

장계가 끝나자 정계는 바쁘게 돌아갔다.

카온은 바이스 후작만 대동하고 총사령관 집무실을 찾았다.

"한발 늦었나."

"빠르군요."

총사령부 앞은 이미 2기사단이 막고 있었다.

카온을 쫓아온 3기사단과 그들이 대치했다.

"더 이상은 접근할 수 없습니다."

"너희가 뭔데 3황자 전하의 행차를 막느냐!"

미첼 경이 낮게 으르렁거렸다.

막 장례식이 끝난 참이라 큰 소리를 내지는 못했다.

그건 2기사단도 마찬가지였다.

"미첼 경, 많이 컸군. 감히 내 앞에서 큰 소리를 내나."

2기사단장이 미첼을 타박했다.

전쟁이 터지지 않고서야 기사 사회도 짬을 무시하지 못했다.

카온이 나섰다.

"내가 시켰다."

"크흠, 죄송하지만 현재 2황자 전하와 랭파인 공작이 독대하고 있습니다."

"기다리지."

"전하."

미첼이 불만스러운 목소리를 냈지만, 카온은 조용히 고개를 흔들었다.

독대를 한다는데 찾아가는 것도 예의에 어긋났다.

한발 늦었지만, 무례하기 굴어 랭파인 공작에게 점수를 잃는 일은 없어야 했다.

카온은 가만히 기다리며 생각했다.

'역시 봉건제는 없어져야 한다. 고작 제후 따위에게 협조를 요청하기 위해 계승권자가 오간다니. 전제 군주정 국가에서는 상상도 할 수 없는 일이다.'

제국의 근간을 바꾸려 한다면 어마어마한 진통이 있을 터.

그러나 반드시 해야만 하는 일이다.

소설 중반부로 접어들면 온갖 괴상한 놈들이 다 튀어나오므로 그걸 막기 위해서라도 제국은 하나가 될 필요가 있었다.

제국군 총사령부.

랭파인 공작은 2황자나 3황자가 찾아오리라는 사실을 잘 알고 있었다.

그는 명색이 제국군 총사령관이었다.

여기저기 눈과 귀가 있었으므로 황자들의 움직임을 모를 리 없었다.

오늘은 황태자의 장례식이었다.

제국 공식 후계자의 자리가 비었다는 뜻이므로 황자들의 경합이 본격화되었다는 것을 의미했다.

황태자 파벌은 허공에 떴다.

정확하게 말하면 랭파인 파벌은 '황제파' 정도로 부를 수 있을 것이다.

이 황제파를 차지하는 세력이 다음 대 보위를 받을 수 있다.

그러나 랭파인 공작은 움직이지 않기로 결정했다,.

[공작, 황자들의 경합을 위해 중립을 지킬 수 있나?]
[그것이 폐하의 뜻이라면, 따르겠습니다.]
[오래 걸리지 않을 걸세. 짐의 생명도 꺼져 가고 있으니.]

황제는 경합을 서둘렀다.

일단, 군제는 3황자가 우위였다.

무력과 전략, 어느 것 하나 나무랄 것이 없었으니까.

그러나 황제란 무제만 있다고 전부가 아니다.

통치력도 필요하며 정치력과 행정력까지 고루 갖추어야 한다.

여기서는 랭파인 파벌이 끼어들기만 해도 판가름이 났으므로 황제는 두 황자가 제대로 능력을 펼치지 못하는 것을 우려했다.

랭파인의 내심은 3황자에게 기울었지만, 개인적인 호감만으로 지지 선언을 할 만큼 어리석지 않았다.

"……저희 파벌은 중립입니다."

"그러지 말고 내 편에 서시오, 공작. 부귀영화를 약속하겠소."

"부귀영화는 충분히 누리고 있습니다. 공작 가문은 제국의 정점에 있으니 오직 폐하의 뜻에 따를 뿐입니다."

"중립 선언이 폐하의 뜻인가."

"예."

"어쩔 수가 없군."

2황자는 고심 끝에 물러났다.

도저히 저 쇠심줄을 꺾을 수 없었기 때문이다.

2황자가 물러간 후에는 아주 자연스럽게 3황자가 방문했다.

"공작."

"3황자 전하를 뵙습니다."

"그래, 얼마나 상심이 큰가."

"……"

3황자는 정이 남아 있는 사람이었다.

2황자는 대뜸 찾아와 자신의 파벌에 가입하라고 압박했다.

3황자가 다르다는 사실은 그를 대하는 태도만 봐도 알 수 있었다.

"수명은 인간이 어쩔 수 있는 것이 아니지요. 황태자께서는 여신의 품에 드셨을 것입니다."

"그래, 형님이라면 그럴 테지."

랭파인은 3황자와 잡다한 이야기들을 나누었다.

은근히 파벌에 들어오라 권유하기는 했으나, 2황자의 강압과는 차원이 다른 태도였다.

이만하면 정치력도 상당하다 볼 수 있었다.

'도저히 속을 알 수 없다. 정말로 황태자 전하와 정이 깊었던 건지, 정치적인 이유 때문에 그런 것인지 가늠이 되지 않으니.'

이건 큰 차이였다.

속내를 알 수 없다는 것만으로도 뛰어난 정치가라는 반증이었으므로.

3황자가 말했다.

"폐하께서 중립을 선언하라 명령하셨나."

"예."

3황자는 그저 고개를 끄덕일 뿐이었다.

아예 공작을 설득할 생각조차 하지 않았다.

"내가 황위에 오르거든 바로 황제파로 들어오게."

"소신의 가문은 언제나 폐하의 편이었습니다. 그 사실은 변하지 않을 것입니다."

"알겠다. 몸조리 잘하도록."

3황자는 그렇게 돌아갔다.

랭파인 공작은 속으로 두 황자를 평가했다.

'2황자는 조금 설익었고, 3황자는 노회한 정치인을 보는 듯하다. 귀족이라면 경계해 마땅하지만, 황제 후보라면 말이 다르지.'

오늘 일은 황제에게 보고될 것이다.

장례식이 끝난 다음 날, 바로 어전 회의가 열렸다.

장례 때문에 찾아왔던 제신들이 어전으로 구름같이 모여들었다.

이제 각 세력의 구도는 명확해졌다.

먼저 황제파로 이름을 바꾼 랭파인 파벌은 중립을 선언했다.

일부 중립 귀족들은 예전과 마찬가지로 숨을 죽였고, 2황자 파벌과 3황자 파벌은 극렬하게 대립했다.

칼만 들지 않았지, 당장 전쟁이 나도 이상하지 않을 분위기였다.

카온은 이 구도를 조금 아쉽다고 생각했다.

'이기는 편 우리 편이다?'

황제파는 이해할 수 있었다.

카온에게 상당히 호의적이었으며, 황제의 명령으로 어느 파벌에도 속하지 않게 된 것뿐이다.

요즘의 황제는 예전 같지 않았지만, 황제는 황제였다.

명령에 따르는 것은 당연한 일이다.

그러나 간을 보고 있는 중립 귀족들은 달랐다.

'박쥐처럼 이긴 쪽에 붙는다? 너희는 숙청 확정이다.'

카온은 마음속으로 살생부를 작성했다.

2황자에게 붙었던 놈들과 중립 파벌을 깡그리 쓸어버리고 새로운 제국을 구축한다.

마침 명분도 좋았다.

원래 신황제가 즉위하면 반대 파벌은 살아남을 수 없다.

관례대로라면 숙청 즉시 지방으로 밀려나거나 영지가 몰수되어 공신에게 나누어 주겠지만, 카온의 생각은 달랐다.

그렇게 많은 땅을 공짜로 가져갈 수 있는 기회인데, 놓칠 이유가 없는 것이다.

"경들은 들어라."

"예, 폐하!"

생각에 잠겨 있던 카온은 퍼뜩 정신을 차리고 허리를 굽혔다.

뭐가 어떻게 됐든 차기 황제의 결정권을 가지고 있는 사람은 황제였다.

"황태자를 지지했던 세력은 경합에 끼지 않는다. 그 점을 명심하고, 두 황자는 임지로 복귀하라."

"폐하의 말씀에 따릅니다!"

임지 복귀 명령.

황태자의 죽음은 오히려 카온에게 기꺼운 일이었다.

잘못하면 북방 오지에 있다가 소식을 들을 뻔했다.

그리됐다면 2황자 파벌이 랭파인 공작과 접촉해 무슨 사고를 쳤을지 알 수 없었으므로 이 정도로 마무리되는 것이 딱 좋았다.

'다행히 작가 놈이 개입하지 않았다.'

카온은 가슴을 쓸어내렸다.

그가 가정할 수 있는 최악의 상황은 랭파인 공작이 갑자기 미쳐서 2황자를 지지하는 것이다.

황제의 명령?

그걸 씹어 버리면 바로 중앙군이 투입된 내전이며, 제국은 망한다.

끔찍한 가정이었으나 정신 나간 작가 놈이라면 미친 척 일을 꾸밀 수 있다는 것이 문제였다.

다행히 작가는 하도 여러 일을 꾸미느라 힘이 빠져 여기까진 개입하지 못한 것 같았다.

카온은 바이스 후작을 비롯한 3황자 파벌 사람들과 인사를 나눈 후, 북방 길에 올랐다.
"황태자의 자리가 공석이 됐으니 오늘부터가 진정한 레이스로군."

5월 중순.

제국의 중부 지방은 이미 파종 시기가 지났으나, 북방에서는 아직도 농부가 씨를 뿌리는 모습이 보였다.

초봄 정도의 날씨였으니 이쯤 파종을 하는 것이 맞다.

람파스 영지 남쪽에 보이는 드넓은 평야는 바둑판식으로 잘 정리되어 있었으며, 멀리 보이는 성채는 그 웅장함을 드러내고 있었다.

비델로스를 필두로 한 행정관들이 꾸준하게 인력을 갈아 넣은 성과물이었다.

남쪽 성벽이 이렇게 보일 정도면 최전방인 북쪽 성벽은 무척이나 견고해 틈도 없을 것이다.

"생각보다는 괜찮지만, 부족하다."

"그렇습니까? 제가 보기엔 천지개벽 수준인데요."

미첼 경은 고개를 갸웃거렸다.

카온이 매일같이 전쟁을 한다고 여기저기 쏘다닌 것에 비하면, 상상할 수 없을 정도의 성과이긴 했다.

그러나 현대인의 눈으로 보기에는 여전히 부족했다.

"인력을 그만큼 갈아 넣었는데도 발전을 못 시키면 죽어야지."

"그, 그렇군요."

군에 관련된 일 말고는 별다른 재능이 없는 미첼로선 그저 카온의 말이 맞다며 고개를 끄덕일 뿐이었다.

"우리 영토는 더욱 늘어났다. 대충 인구와 땅이 두 배는 넓어졌지."

"주군께서 이루신 성과죠."

"개고생해서 얻은 땅이지. 문제는 그 땅을 발전시켜야 한다는 거야. 그것도 1년 안에."

"예!? 1년은 무리 아닙니까? 아무리 제가 행정에 관심이 없어도 그 정도는 알겠는데요."

"폐하의 눈에 차려면 무리해서라도 발전된 모습을 보여야 하는 것 아니냐."

"고생길이 훤하네요."

미첼은 머리를 긁적였다.

카온이 설치면 부관이 고생한다.

안 그래도 미첼 경은 비서실장처럼 갈려 나가고 있었는데, 잘못하면 행정 업무에도 손을 댈지 몰랐다.

"다행히 우리에게 희망은 있다."

"희망이라시면?"

"엘프를 3만이나 잡아 왔지 않나?"

"엘프들이 농사도 잘 짓습니까?"

"그놈들은 못하는 게 없어."

카온의 입가에는 숨길 수 없는 미소가 드러나 있었다.

일 잘하는 소가 3만 마리(?)였다.

이걸 어떻게 참을까?

"인부가 왔으면 갈아야지. 우리 영지는 발전할 거야. 2황자 새끼가 눈깔이 돌아가서 내전을 일으키더라도 격파할 정도의 군사력을 갖추려면 엘프를 갈아 넣어야만 한다."

"그것참, 안타까운 일입니다. 엘프 놈들이 주군의 등쌀에 견뎌 낼지."

"싫으면 북쪽으로 가야지."

카온은 엘프들을 놀릴 생각이 없었다.

제국 신민마저 갈아 넣어 영지를 발전시키는데, 이종족 엘프 따위야 통째로 갈아 버릴 수도 있었다.

카온이 음흉한(?) 계획을 세우는 사이, 행렬은 람파스 본성에 닿았다.

람파스 본령.

그동안, 영주성도 증축되고 수리되어 중부 지방과 비교해도 손색이 거의 없었다.

내성 앞에는 비델로스를 위시한 행정관 세력과 체스터 경을 필두로 기사 세력이 마중 나와 있었다.

한쪽에는 엘프 세력도 모여 있었다.

한눈에 봐도 인간과 엘프 사이에는 간극이 존재했다.

몇 번이나 롬멜 경을 통해 듣기는 했으나, 굉장히 배타적으로 행동하는 것은 분명했다.

어쨌든, 첫인사는 카온의 승전을 환영하는 말로 시작했다.

"승전을 경하드리옵니다, 주군!"

"경하드립니다!"

가신들의 말에 카온은 고개를 까딱였다.

모두가 허리를 굽히는 가운데, 엘프들은 빳빳하게 고개를 들고 있었다.

롬멜 경의 관찰 일지가 사실로 드러나는 순간이었다.

[엘프 놈들의 성정은 길들이지 않은 짐승과도 같습니다. 분명, 제국에 의탁하긴 했으나 신민으로서 행해야 하는 의무는 거절했습니다.]

[엘프가 인간 세상에 섞여 살려면 어쩔 수 없이 돈을 벌

어야 합니다만, 여전히 버티는 놈들이 대다수입니다. 하여, 통치에 애를 먹고 있습니다.]

"쯧."
카온은 엘프들을 보며 혀를 찼다.
롬멜을 비롯한 기사들은 굉장히 황공하다는 표정이었다.
엘프조차 제대로 통제하지 못하였으니 면목이 없는 것이다.
"바로 회의에 들어갈 것이니 참석하라."
"주군의 명에 따릅니다!"
카온은 엘프들을 지나쳐 내성으로 향했다.
'감히 의무를 거부해? 그럼 받아들이게 만들어야지.'

영주성을 손봤다더니, 거의 개벽 수준이었다.
뼈대에 손을 대지 않는 선에서 최대한 증축했으며, 황자의 격에 맞게끔 단장도 새로 했다.
상당히 높은 곳에 영주의 좌가 마련되었으므로 가신들의 모습이 한눈에 들어왔다.
가신들은 고개를 숙였으나, 엘프 여왕과 장로들은 여전히 고개를 세우고 있었다.
카온의 눈에는 그게 굉장히 고깝게 보였다.
다른 보고는 다 집어치우고 엘프의 기강부터 세운다.

기껏 힘들여 데려왔는데 식량이나 축내고 있으면 쓸모가 없었기 때문이다.

"카이샤 경."

"네."

"엘프들이 일을 하지 않는 이유가 뭔가? 먹고 살기 위해서는 돈이 필요할 텐데."

"저희는 인간의 도움 없이도 살 수 있습니다."

"너는 뭔가 착각을 하고 있다."

"……?"

"제국 백성이 됐다는 것은 의무도 부과된다는 뜻이다. 세금을 내야 하며, 돈을 벌기 위해 경제 활동을 하는 것이 일상이지. 농사를 짓든, 공업에 종사하든, 군에 입대하든 활동을 해야 할 것 아닌가."

"저희는 그런 일에 종사하지 않아도 살 수 있습니다."

"그래?"

행정관들과 기사들은 땀을 뻘뻘 흘렸다.

엘프 여왕이 오만하고 도도한 것은 알고 있었지만, 이 정도일 줄은 몰랐기 때문이다.

'저 미친 여자가! 전하는 일반적인 영주가 아님을 자각은 하나?'

'장차 황제가 되실 분인데, 저따위로 나간다고?'

카온의 가신들이 보기에 엘프 수뇌부는 살짝 정신이 나

간 듯했다.

2황자 파벌은 자신들이 이긴다고 정신적인 승리를 하는 모양이었지만, 여러 능력을 고려해 보면 3황자가 다음 대황좌를 받을 거라 확신했다.

제국의 차기 황제에게 이런 태도를 보인다니, 당장 목이 날아가도 할 말이 없는 사태였다.

카온은 입술을 비틀며 물었다.

"마을은 다 지었나."

"짓고 있습니다."

"나무 값과 토지 사용료, 가져간 식량을 금화로 환산해 갚아라."

"그건 너무 심한 처사 아닌가요!? 분명히 거주지와 나무는 지원해 주신다고 들었어요."

"그거야 너희가 의무를 다할 때의 이야기이지."

엘프들이 노동을 거부한다?

그럼 하게 만들면 된다.

무력으로 압박하지 않더라도 엘프들을 힘들게 할 수 있는 방법은 많았다.

"너희는 제국의 백성이 된다고 했으나 실질적으로는 거부한 것이나 다름없다. 잠시 몸을 의탁할 생각인 것 같은데, 그런 어설픈 행동은 용납할 수 없음이야. 당장 갚지 않으면 내일부터 월 이자 50%를 부과하겠다."

"이런 날강도 같은!"

차자장!

더 이상 참지 못한 기사들이 검을 뽑았다.

그 선두에는 마스터 체스터 경이 있었다.

"정말 오만방자한 년이구나! 지금까진 주군께서 너희들을 보호하시는 줄 알고 참았지만, 이젠 아니다. 더 이상 지껄이면 여왕이고 뭐고 목을 치겠다."

"……."

카이샤는 체스터 경의 협박에 몸을 부르르 떨었다.

장로들은 이쯤 협의하자고 여왕을 채근했다.

"카이샤 님, 이만하면 됐습니다. 인간의 제국에 발을 들였으니 이곳의 법을 따르는 것이 마땅한 일입니다."

"저들은 자치권을 준다고 했다."

"그것도 제국법을 지킬 때의 이야기죠."

"흥! 엘프의 자긍심이 있지!"

"하하하하!"

카온은 크게 웃어 젖혔다.

원작 설정에도 나와 있듯, 엘프 여왕을 노답으로 묘사했는데, 실제로 보니 정말 그랬다.

자기 처지를 이해하지 못하고 카온에게 반발하니 어처구니가 없었다.

그렇다면 깨닫게 해 주는 수밖에.

"비델로스 경."

"예, 전하!"

척!

비델로스가 바람처럼 달려와 한쪽 무릎을 꿇었다.

그 역시 엘프들 때문에 스트레스가 이만저만이 아니었던 모양이다.

카이샤 여왕을 보는 눈이 곱지 않았으니까.

"엘프들과 계약서를 써라. 이들은 사실상 제국 백성이 되길 거부하였으니, 방문자의 개념으로 있는 것이다. 그러니 이들이 쓰고 입고, 생활하는 땅까지 전부 비용을 받아 청구하도록. 월 이자는 50%이며 갚지 못할 경우 그 신체가 내게 귀속된다는 내용을 추가한다."

"지, 지금 무슨 망언을 하시는 건가요!?"

"체스터 경."

"예, 주군!"

"저년이 한마디만 더 하면 목을 날려라."

"명에 따릅니다!"

그 순간, 카이샤는 아차 싶은 표정을 지었다.

지금까지 관료들이 참고 있었던 것은 이 땅의 주인이 엘프의 살상을 허락하지 않고 있었기 때문이다.

카온이 복귀한 이상, 지금까지처럼 행동하기는 매우 힘들다는 사실을 깨달은 것이다.

"영지에 다음과 같은 내용을 공표한다. 나는 선의로서 엘프들을 도왔고, 야만인들로부터 보호했다. 그 대가로 엘프 여왕은 제국 백성이 되기로 하였으나, 그 신의를 배신하였으니 엘프를 단순 방문자로 대접한다고."

카이샤는 문서에도 더 이상 '전 여왕'으로 표시되지 않았다.

말 그대로 여왕으로 취급될 것이며, 그 많은 인원이 보호받고 있었으니 비용까지 청구할 생각이었다.

"꼬우면 북쪽으로 가라."

"그건!"

엘프 여왕은 몸을 부르르 떨었다.

그녀는 남부 타마라족에서 구출된 엘프들에게 여러 이야기를 들었다.

그중 가장 치를 떨었던 것은 중부 야만인들의 행태였다.

체스터 경이 엘프 왕국 남쪽까지 밀고 들어와 연설했을 때, 그 내용이 사실이라고 100%는 믿지 못하였지만 람파스 영지로 들어온 후에는 확신할 수 있었다.

엘프들이 야만인에게 잡히면 어떤 치욕을 당하는지.

그들에 비해 제국은 상당히 관대했다.

제국의 백성이 되기만 하면 각종 혜택이 주어지는 것이다.

이 꼴을 보다 못한 엘프 장로가 급하게 몸을 날려 무릎을 꿇었다.

"제국의 황자시여, 진정하십시오!"

"내가 왜 그래야 하나."

"엘프 여왕이 모든 엘프를 대변하는 것은 아닙니다."

카이샤는 눈을 부릅떴지만, 장로가 무시한 채 발언을 했던 것이다.

카온은 2장로라고 불린 여자가 꽤 마음에 들었다.

세상 물정을 모르는 카이샤보다 훨씬 유능하지 않나.

"계속해라."

"카이샤 전 여왕은 날 때부터 왕이었던지라 오만하고 무례합니다. 자신의 뜻이 엘프의 뜻이라 착각하며 살아왔지요."

"읍!"

카이샤는 뭐라고 말하려 하였지만, 이미 기사의 검이 그녀의 목에 닿아 있었다.

한마디만 더하면 죽인다는 말은 진심이었다.

"그래서?"

"엘프 백성들에게 오늘 논의된 내용을 알리시고 선택권을 주는 것이 어떤가 합니다."

"선택권이라."

"착실하게 제국 신민으로 살아가려는 엘프도 많습니다. 여왕 때문에 차마 그러지 못하는 것이지요. 이제 전하께서 복귀하셨으니, 상당수의 백성이 제국 신민이 될 것이옵니다."

2장로의 말에 카온은 고개를 끄덕였다.

'여왕보다는 2장로와 잘 통하는군. 엘프 통치자를 교체해야겠어.'

"일주일의 유예를 주겠다."

"감사합니다!"

오히려 일이 잘 풀렸다.

엘프 여왕이 이렇게 설치지 않았다면, 엘프 백성을 교화시키는데 오랜 시간이 걸렸을 테니까.

이렇게 장로가 나서니 저들을 갈아 버릴 시기가 꽤나 앞당겨질 것이다.

『작가 때문에 먼치킨』 3권에서 계속